Elizabeth Goudge

Neue Weihnachtserzählungen

Elizabeth Goudge

Neue Weihnachtserzählungen

Herder

Freiburg · Basel · Wien

Aus dem Englischen übertragen von Gabriele C. Pallat
„Der Hahnenschrei“ (I), „Der Bambino“ (II) und
N. O. Scarpi „An den Wassern Babylons“ (III).

I und II sind „A Christmas Book“, Verlag Hodder and Stoughton,
London, entnommen, III dem Band „The Ikon on the Wall“,
Verlag Phoenix Publishing Co. Ltd., Scherz & Hallwag, Bern/Paris.

I und II erscheinen zum ersten Mal in deutscher Übersetzung,
III erschien zuerst 1953 in dem Band „Weiße Schwingen“
im Morgarten-Verlag Conzett und Huber, Zürich.

Freiburger Graphische Betriebe 1976
ISBN 3-451-17628-9

Im Dunkel des tiefen Winters taucht Weihnachten wie ein leuchtendes Schiff auf der Heimkehr am Horizont auf. Die Vorbereitungen für seine Ankunft sind getroffen, es wird erwartet; aber während es sich langsam dem Ufer nähert, fühlen wir tiefe Erleichterung: Das große Schiff ist nicht gestrandet; wir sind während seiner Abwesenheit der Zerstörung entgangen.

Die Glocken der irdischen Stadt läuten es ein, wenn das Schiff anlegt. Seine uralte Gestalt gehört der Legende an; denn es kommt von weit her, jenseits von Raum und Zeit. Seltsam, wie es bei seiner Ankunft wahrhaftig einem Schiff aus Licht gleicht; doch der Glanz ist sanft und regt wie Kerzenlicht zum Nachdenken an, und wir fragen uns, warum es uns ein solch starkes Gefühl der Verheißung geben sollte. Dann erinnern wir uns, daß es in uns selbst geankert hat, in unseren Herzen, daß wir immer, wenn auch nur geheim, voller Angst sind und daß Verheißung in kleinmütige Herzen nur zögernd einziehen kann. Der gleiche Lichtstrahl, der den löwenmutigen Paulus für einige Augenblicke zur Erde warf, würde uns für immer in die Ewigkeit schleudern – und vielleicht wollten wir dort noch nicht einziehen. Lieber würden wir Weihnachten um Weihnachten behutsam dessen versichert, daß das Land jenseits von Raum und Zeit, von dem unser Schiff kam, keine Angst einflößt.

Immer schon gab es ein Lichterfest. Die Herzen unserer Ahnen waren stärker als unsere, so glauben wir. Den erfahrenen Tieren gleich, stellten sie sich Katastrophen und Tod, wie sie kamen. Doch sie fürchteten sich vor der unheimlichen Dunkelheit des tiefen Win-

ters. Was würde geschehen, wenn die Sonne morgen nicht wieder aufginge, wenn der Frühling niemals zurückkehrte? Wenn sie nie wieder die Vögel in der Morgendämmerung hören oder die Feldblumen sich im Winde neigen sehen würden? Und deshalb entzündeten unsere Vorväter große nächtliche Feuer auf den Bergen, um den Sonnengott zu ermutigen. Er wurde immer schwächer. Sie konnten ihn nicht sterben lassen. Sie konnten nicht ohne das Licht der Welt leben. Sie streckten die Hände nach ihm aus, und es wurde ihnen verheißen, wonach sie sich sehnten. Sie sollten keine Furcht haben. Der Frühling würde zurückkehren, die Vögel würden wieder singen und die Erde brächte ihre Früchte hervor.

Und so ist Weihnachten noch immer das Fest des Lichts, so vieler Lichter. Einstmals waren es das Jul-Scheit, der brennende Branntwein beim Weihnachtsspiel und die Flammen um den Christmas-Pudding. Dann kamen die flackernden Wachskerzen am Weihnachtsbaum. Heute hat man elektrische Kerzen, weniger gefährlich, aber auch weniger schön, und die flammenden Lichter in der Regent Street sind ziemlich grell. Aber es macht nichts aus; denn wozu sie auch dienen, sie sind noch immer Widerspiegelungen des Lichts, das zu Beginn aller Dinge über den Wassern aufschien, das in der Fülle der Zeit zum Ruhme Israels erstrahlte – ein Licht, das die Heiden erleuchtete und das am Ende aller Tage, inmitten des Zusammenbruchs und des Erlöschens aller irdischen Lichter, noch die letzten Schrecknisse, in die wir uns selbst stürzten, mit seinem Trost überstrahlen wird.

Das Schiff hat Schätze geladen; wir wissen nicht, welcher Art die Geschenke sind. Es sei denn, wir empfänden inmitten des Weihnachtstrubels eine Gelassenheit, die uns sonst fremd ist. Oder wir staunten darüber, daß eine unerklärliche Freude in uns Einzug hält, ein Singen in der Seele, eine neue Fähigkeit zur Großmut, zur Einsicht, zur Ausdauer oder was sonst die Bedürfnisse sein mögen, die wir manchmal auf unseren Wunschzettel schreiben und ohne große Hoffnung Gott präsentieren – selbst wenn wir „Hoffnung" ans Ende der Liste gesetzt haben. Es ist merkwürdig, daß die Liste irdischer Wünsche, die wir auf Bitte unserer Nächsten zusammenstellen, voll Erwartung überreicht wird, es möge irgend etwas davon eintreffen. Aber bei jener anderen Liste sind wir erstaunt, wenn wir erhalten, was wir erbeten haben. Doch die Geschenke unter dem angezündeten Weihnachtsbaum sind nichts weiter als Symbole für diese anderen Gaben. Ohne sie gäbe es Weihnachten nicht. Wir denken voll Liebe an das Kind in der Krippe – einstmals sichtbares Geschenk an uns –, und das Wunder seiner Schönheit und Unschuld läßt uns beinahe vergessen, daß es jenes Kind ist, das uns „in den Verstrickungen unseres gottlosen Lebens ansieht und uns annimmt". Es bringt uns das verborgene Geschenk des „Gott mit uns", den eigentlichen Sinn unseres Daseins, seit der Anbruch des Lichts erstmals Leben in die Welt brachte.

„Du wirst mir ein Licht entzünden", sagt der Psalmist, „du wirst meine Finsternis in Licht verwandeln."

Elizabeth Goudge

Inhalt

Der Hahnenschrei

1

Seit die Nebel eingefallen waren, hatte Martin mit Bedacht geschwiegen. Sein Kopf steckte voller Dinge, die er Maria sagen wollte, Dinge, die die Überlegenheit des männlichen Urteils betrafen, den Gehorsam gegenüber dem Ehemann und derlei mehr; aber sie waren erst zehn Monate lang verheiratet, und noch immer versuchte er, solche Sachen nicht zu sagen. Trotzdem: da sie ausschließlich an dem ganzen Abenteuer schuld war, konnte er nicht anders, als wenigstens daran zu denken.

Maria war nicht auf dem Lande aufgewachsen, und als er sie in den alten Gutshof am Rande des Moores, der erst seinem Vater und Großvater gehört hatte und nun ihm gehörte, heimgeholt hatte, war es ihr nicht leichtgefallen, sich dort einzurichten. Ihr fehlten die gewohnten Geselligkeiten, ihre Schwestern und der Spaß, den sie mit ihnen gehabt hatte. Martin und sie besaßen keine Kutsche, nur den offenen Einspänner, der dem entsprach, was ein junger Gutsherr um 1800 erwarten durfte. Zuerst war sie durchaus glücklich, denn die Schönheit der ländlichen Umgebung hatte ihr unruhiges Gemüt im Sturm erobert, und sie liebte es sehr, sie bei Ausritten für sich zu entdecken – aber als die Geburt des

Kindes näherrückte und Martin ängstlich wurde, ließ er sie nicht mehr reiten. Und dann brach der Herbst herein mit Regen und Stürmen von der See, und sie, die fröhlich war und Vergnügungen liebte, wurde bedrückt und unruhig. Sie müsse zu Weihnachten nach Hause, erklärte sie, und Martin solle mitkommen, denn sie wolle nicht ohne ihn reiten, da es doch das erste Weihnachtsfest in ihrer Ehe sei. Er sagte, er könne den Hof nicht verlassen. Sie erwiderte, er könne es wohl. Sie hatten einen ihrer heftigen Dispute, denn beide waren äußerst temperamentvoll, und dann eine ihrer strahlenden Versöhnungen, denn sie waren immer noch sehr verliebt ineinander, und Maria gewann, obwohl sie fünf Jahre jünger als Martin war, zwanzig sie, fünfundzwanzig er. Sie zeigte eben das bißchen mehr Entschiedenheit auf ihre Art, das ihm fehlte, obwohl auch er seinen Kopf durchsetzen konnte – aber er blieb dabei, daß sie erst am Weihnachtsabend aufbrechen und am 28. Dezember zurückkehren würden. Drei volle Tage bei ihrem Vater, und keinen mehr. Er wolle sein kostbares Vieh den Knechten keinen Augenblick länger anvertrauen. Sie kannte den gewissen entschlossenen Ausdruck seiner aufeinandergepreßten Lippen und gab im kleinen nach, da sie im großen gewonnen hatte. Und da beider Ehrgefühl mehr oder minder befriedigt worden war, wurden sie aufgeregt wie Kinder, als sie sich auf die Reise vorbereiteten.

Es war nicht weit bis zu dem Landstädtchen, wo Maria geboren worden war, zehn Meilen übers Moor oder achtzehn Meilen auf der Landstraße, um das Moor herum. Sie würden den längeren Weg nehmen, entschied Martin. Es sei sicherer bei dem ungewissen Wetter und mit Rücksicht auf das Baby, das in einem Monat kommen sollte. Maria zog die Augenbrauen hoch und warf ihm einen bösen, funkelnden Blick beim Wort „sicherer“ zu, das für sie wie das rote Tuch für den Stier war. Wenn ihr irgend jemand sagte, sie solle lieber durch das Loch im Heckenzaun kriechen, statt mit dem Pferd übers Tor zu setzen, wählte sie augenblicklich das letztere. Der Vorschlag, es sei sicherer, das Fenster bei Gewitter zu schließen, veranlaßte sie sofort, es so weit wie möglich zu öffnen. Aber Martin war mit Maria noch nicht lange genug verheiratet, um sich diese Eigenschaft beständig vor Augen zu halten, und außerdem zündete er sich gerade seine Pfeife an und hatte ihren Blick kaum bemerkt. Er würde sich später daran erinnern.

Nach einem strahlenden Sonnenuntergang dämmerte der Weihnachtsabend. Es war so warm wie im Frühling. Sie legten den kleinen verschnürten Koffer, der mit ihren besten Kleidern und den Geschenken für die Familie gepackt war, unter den Sitz des Einspänners und machten es sich, zugedeckt mit einer buntkarierten Reisedecke, mit Vergnügen bequem. Maria sah in ihrem karmesinroten, pelzverbrämten Mantel und der Samthaube bezaubernd aus. Sie war nicht schön, ihre Nase zu lang und ihr gespaltenes Kinn zu energisch, aber ihre leuchtenden, lachenden Augen ließen sie so erscheinen. Sie war ein brünettes Mädchen mit dunklem Haar, das widerspenstig von ihrer breiten Stirn abstand, und einer goldglänzenden, makellosen Haut, zartrosa angehaucht durch ihre ausgezeichnete Gesundheit. Ihre

Schwangerschaft hatte ihre Vitalität nicht im mindesten beeinträchtigt. Sie freute sich bereits darauf, in einem Monat wieder heimzureisen und das Baby mit Hilfe von Mamas und Dr. Fothergills hingebungsvoller Pflege zu bekommen. Sie liebte den alten Doktor, brüsk und gerade heraus, wie er war. Man konnte sein Kind unmöglich ohne ihn bekommen.

Sie rollten durch das Dorf und bogen elegant in die Landstraße ein, denn das graue Pferd Beauty war ebenso lebhaft sie seine Besitzer. Der Einspänner, neu zur Zeit ihrer Heirat, hatte gelbe Räder, die aufblitzten, als ob sich die Sonne in ihnen verfangen hätte. Martins flaschengrüner Umhang und der leicht schräg aufgesetzte Biberhut sahen gut aus zu seinem flammendroten Haar und dem sommersprossigen, von der Sonne gebräunten, sympathischen Gesicht. Er saß kerzengerade da und lenkte den Wagen mit Schneid und Geschick. Maria genoß die Ausfahrten mit ihm unsäglich und war nie so sehr in ihn verliebt, als wenn sie so wie jetzt dahinrollten, im pfeifenden Wind, warm aneinandergeschmiegt unter der Kutschdecke.

Zur Rechten erstreckte sich das Moor Falte um Falte himmelwärts, das lohfarbene, tote Farnkraut leuchtete golden, wo die Sonne es berührte, das dürre Heidekraut weinrot unter den alten Steinmauern. Diejenigen, die unterhalb des Moores lebten, konnten es nie vergessen. Es war immer in ihren Gedanken und Träumen anwesend, und sie warfen ihm beständig flüchtige Blicke zu, manches Mal mit einer gewissen Unruhe, so wie Menschen einen aufkommenden Sturm am Horizont beobachten. Zur Linken breitete sich das gute und freundliche Land aus mit seinen runden grünen Hügeln und Feldern, wo die Schafe weideten, mit tiefen Wäldern und von Farnkraut gesäumten Wegen.

Ein Hahn krähte vernehmlich hinter ihnen, dort wo ein windschiefes Farmhaus unter Obstbäumen erschien, und sie schreckten auf, denn sie hatten gerade aufs Moor geschaut. „Der Hahn, der als Trompete dient dem Morgen", zitierte Maria, die gebildet war und Dichtungen auswendig kannte.

„Es ist Nachmittag", sagte Martin, der sich an die Tatsachen hielt und für Shakespeare unempfänglich war. „Du weißt, wir sind spät aufgebrochen. Nur weil du deinen Fächer nicht finden konntest und erst im letzten Moment packen mochtest. Frauen!"

Aber er war noch immer guter Laune und schaute mit seinen graugrünen, heiter zusammengekniffenen Augen und hochgezogenen Mundwinkeln auf sie herab. Maria lachte zurück und trug ihre Shakespeare-Kenntnisse nur zur Schau, um ihn zu reizen.

„Sie sagen, immer wenn die Jahrszeit naht,
Da man des Heilands Ankunft feiert, singe
Die ganze Nacht durch dieser frühe Vogel.
Dann darf kein Geist umhergehn, sagen sie,
Die Nächte sind gesund, dann trifft kein Stern,
Kein Elfe faht, noch mögen Hexen zaubern:
So gnadenvoll und heilig ist die Zeit."

Ihr zu gefallen, zeigte er sich gebührend herausgefordert. „Mondschein", spottete er. „Wenn du auswendig plappern willst wie ein Papagei, warum dann nicht ein paar Rezepte behalten? Taubenpastete und Klöße. Das

Abendessen wär' nicht immer so spät, wenn du nicht soviel Zeit damit verschwenden würdest, deine Nase ins Kochbuch zu stecken. Meine Mutter machte wunderbare Taubenpastete."

Sie ließ es ihm durch und kam auf ihr Thema Mondschein zurück. „Woher weißt du, daß es keine Feen oder Hexen gibt? Du weißt es nicht." Sie schaute zum endlosen, dräuenden Moor hinauf.

„Woher weißt du, was da oben lebt? Jedesmal wenn du mich dorthin mitgenommen hast, habe ich sie gespürt, obwohl wir nicht weit draußen waren. Du nicht?"

Martin schaute ihr ins lebhafte Gesicht, das zu ihm aufsah und sich so vor Lachen schüttelte, daß er nicht wußte, ob sie scherzte oder es ernst meinte. Das war eine ihrer reizenden Seiten: Er wußte nie genau, was sie wirklich dachte. Sie war geheimnisvoll. Er lachte, ohne zu antworten. Ja, als er ein Junge war und Vogelnester ausnahm da oben, da hatte er sie gespürt. Jungen, vermutete er, erahnten die Dinge. „Gute und böse", fuhr Maria fort, „aber heute und morgen nicht. Shakespeare meinte die bösen Geister. Sie sind weg. Sie wagen es nicht, zu Weihnachten zu erscheinen. Aber die guten sind da, mehr als sonst."

Sie fuhren weiter und kamen dorthin, wo die schmale Straße zum Moor von der Chaussee abzweigte. „Fahr rechts, Martin", sagte sie im Befehlston.

Er hätte es besser wissen müssen und nicht anhalten sollen. Er hätte, so schnell er konnte, geradeaus fahren sollen. Er wußte sehr gut, daß er, wenn er zu Beginn an Boden verlor, möglicherweise das ganze Spiel verlieren würde. Er verlor es jetzt, obwohl heiß darum gekämpft wurde. Sie sagte, es sei Irrsinn, den langen Umweg ums Moor zu machen, wenn man beim Durchqueren viele Wegmeilen sparte. Er erinnerte sie an die Gefahren des Moors, aber er hätte sie um keinen Preis mehr dazu bewegen können, ihren Entschluß aufzugeben. Sie sprach von der Schönheit und außerordentlichen Klarheit des Tages und war plötzlich angesichts des Lichtes da oben davon besessen, dorthin zu fahren. Immer hatte er versprochen, sie quer übers Moor mitzunehmen, und es nie getan. Eines Tages gewiß, hatte er gesagt. Aber, was sie durchsetzen wollte, taugte bei Maria nie in Form eines vagen Versprechens. Sie wollte es jetzt oder niemals. Was sollte geschehen? Hatte er Angst? Sie haßte Feiglinge. Hatte er ihr nicht versichert, daß er das Moor wie seine Hosentasche kannte? Das war eine Prahlerei ihr gegenüber, als er ihr den Hof machte. Er hatte sich damals vieler Sachen gerühmt – so besessen davon, sie zu gewinnen –, aber nicht alle seine großsprecherischen Reden entsprachen der vollen Wahrheit. Ängstlich? Er schwang die Peitsche über Beauty's Rücken und ließ das Pferd im Galopp den Weg entlanglaufen.

Sie fuhren immer weiter hinan, nach der hohen Böschung kamen Mauern, und der Ausblick wurde rundherum immer weiter. Tief unter ihnen lag das freundliche Land und sah so flach aus wie die Bettdecke eines Kindes, ins Unwirkliche entschwindend. Hier war alles Wirklichkeit, in dieser Welt hier oben, auf den kahlen Hügeln und in den versteckten Tälern, durch die Bäche melodisch plätscherten, in der klaren, kalten Luft und in dem Schweigen. Sie schienen die einzigen Lebewesen in dieser Welt zu sein; aber sie hatten nicht das Gefühl, daß sie ihnen gehörte, so wie eine verlassene Wiese dort unten ihr Eigentum hätte sein können. Sie mochten später dazu gehören, doch jetzt noch nicht. Sie wurden wie in der Mulde einer unsichtbaren Hand gehalten, wurden beobachtet, aber die Hand hatte sich noch nicht um sie geschlossen.

Doch sie hatten ihre Freude daran. Sie sprachen wenig, sahen einander jedoch öfter an und lächelten. Tief unter der aufgewirbelten Oberfläche begann der Strom ihrer gegenseitigen Zuneigung bereits einen gradlinigen Verlauf zu nehmen und ruhig und stark zu fließen. Hier oben waren sie sich bewußt, daß ihre Streitereien, die sie beide heimlich gequält hatten, bedeutungslos waren. Sie würden mit der Zeit verebben. Was jeder vom anderen wünschte, war bereits im Werden. Sie fuhren ständig aufwärts, in den Wald hinein und wieder hinaus, über die alten Steinbrücken und an den Ufern der reißenden Bäche entlang, und waren zu sehr miteinander beschäftigt, um zu bemerken, daß die Sonne untergegangen und der Himmel verhangen war. Als der Nebel schließlich einfiel, kam er für sie überraschend. Aber Martin war ganz sicher, daß er den Weg kannte, und prahlte wieder, er kenne ihn wie seine Hosentasche.

Doch je weiter sie fuhren, desto schweigsamer wurde er und verstimmt über Maria, weil er sich nicht stark genug gezeigt hatte, auf der Chaussee zu bleiben. Seine Besorgnis um sie wuchs, und je unruhiger er wurde, desto mehr ärgerte er sich über sie. Jetzt sah er sie nicht mehr an, aber ab und zu blickte sie zu ihm hin, betrachtete seinen energischen, zusammengepreßten Mund

und die gut geformten Hände, die die Zügel hielten, und ab und zu lachte sie in sich hinein. Natürlich hatten sie sich verirrt, aber es machte Spaß, sich mit Martin zu verirren. Bald würde sein Ärger verfliegen, und beide könnten diesen Spaß zusammen genießen.

Sie holperten über einen Stein und verloren ein Rad. Das war das Ungewöhnlichste, was passieren konnte, und ging über Martins Verständnis hinaus. Sie waren sehr langsam gefahren, Maria hatte sich an der Seite festgeklammert und war nicht im mindesten verletzt. Sie lachte Martin ins ernste Gesicht, als er ihr herunterhalf und sie ein oder zwei Minuten im Arm hielt. „Einer von den Bösen muß das gemacht haben", sagte sie, „die letzte Tat, ehe er sich über Weihnachten versteckt hat. Mach dir keine Sorgen, Martin. Spann Beauty aus, und ich reite auf ihm, und du kannst neben mir herlaufen. Wir sind bald da."

„Nein", antwortete Martin, „wir haben uns verirrt, weißt du."

„Ja, ich weiß, aber wir sind auf einer Art Straße, und die muß irgendwohin führen. Zu einem Hof oder einem Dorf. Wir müssen ihr nur folgen."

Er verriet ihr nicht, wie viele Meilen man diesen Moorwegen folgen und doch nirgendwohin gelangen konnte. Er hob sie auf Beauty, wickelte sie in die Decke, nahm eine der Laternen vom Wagen, und jetzt schwiegen sie nicht mehr, sondern lachten und plauderten, um sich gegenseitig die vielleicht aufkommende gedrückte Stimmung zu vertreiben. Dann verfielen sie wieder in Schweigen, denn es wurde immer dunkler und später, der Nebel verdichtete sich mehr und mehr, und anstatt abwärts, in die vertraute und freundliche Gegend, führte der Weg immer mehr bergauf. Martin hielt an, zündet die Laterne an, und Maria beugte sich herab und versuchte, sein Gesicht zu sehen. „Martin", sagte sie, „es tut mir leid, es war meine Schuld."

Er blickte auf und lächelte sie an. „Meine ebenso. Wir waren beide Dummköpfe."

„Aber miteinander", antwortete sie, „bist du sehr müde?"

„Nein, Liebste, und du?"

„Natürlich nicht", sagte sie ungehalten; doch als er im Licht der Laterne zu ihr aufsah, bemerkte er dunkle Schatten unter ihren Augen, und es drehte ihm das Herz um. Zehn Minuten später stieß sie plötzlich einen erfreuten Schrei aus: „Martin, sieh! Eine Gartenmauer!"

Er schrie erstaunt auf, hielt an und hob die Laterne hoch. Die Mauer war alt, durch Pfeiler gestützt und sehr solide gebaut. Vielleicht befand sich auf der andern Seite einer dieser windgeschützten Moorgärten mit Magnolien an der Südseite, wo im Sommer Kräuter und Blumen durcheinanderwuchsen und eine Oase für Bienen bildeten. Aber es war seltsam, daß er das nicht zuvor gesehen hatte, und merkwürdig, daß sie den Weg offenbar verlassen hatten, ohne es zu bemerken, denn unter der Mauer und ihren Füßen breitete sich nur das vom Nebel durchnäßte Gras aus. „Wir folgen der Mauer, Maria", sagte er freudig, „irgend etwas muß hier doch sein."

Sie machten sich wieder auf den Weg und kamen zu einem prächtigen alten Tor mit eisernen Gittertüren, die gastfreundlich offenstanden. Doch die steile Auffahrt dahinter war beinahe nicht mehr zu erkennen unter den Brombeersträuchern und Rhododendronbüschen, die darüber zusammengewachsen waren. Mit hochgehaltener Laterne führte Martin Beauty durch ihre tunnelförmigen Windungen. Er konnte die Bäume, die sich über ihnen zusammenschlossen, nicht sehen, aber er ahnte, daß sie da sein mußten, denn es tröpfelte sanft von oben herab.

Plötzlich wurde der Weg breiter, und der Schein einer weißen Gestalt ließ sie zusammenfahren. Aber es war nur die steinerne Figur eines Knaben mit einem Delphin, der inmitten eines steinernen Beckens stand, wo einstmals eine Fontäne gesprudelt hatte. Auf der andern Seite führten zerbrochene Steinstufen zu einer Terrasse hinauf, und sie konnten gerade noch ein Haus mit geschlossenen Fensterläden und eine von zwei Säulen eingerahmte Eingangstür mit einem fächerförmigen Oberlicht darüber erkennen. Hinter der Tür schien kein Licht hervor, doch sie war geöffnet.

Es erschien beiden ganz natürlich, daß Martin Maria herabzusteigen half und Beauty an einer riesigen japanischen Zeder festband, die neben dem Springbrunnen stand. Dann stiegen sie Hand in Hand die Stufen hinauf und gingen ins Haus. Es schien leer und dunkel zu sein, aber das Laternenlicht fiel schimmernd auf die Holzvertäfelung und die elegant geschwungene Treppe. Mehrere Türen führten aus der Diele in andere Räume, aber nur eine war halb angelehnt. Sie stießen sie auf und gingen hindurch in einen kleinen, nur teilweise möblierten Salon. Dort rahmten gedrehte Kerzenleuchter auf dem Kaminsims mit von Spinnweben überzogenen

Kerzen einen alten zersprungenen französischen Spiegel ein. Ein Brokatsofa, jetzt zerschlissen, aber einstmals altrosa und sehr hübsch, war an den leeren Kamin geschoben worden. Maria sank darauf nieder, und Martin bedeckte sie mit dem Plaid. Dann zündete er die Kerzen an. Es war ein schöner Raum mit apfelgrün bemalter Täfelung. An mehreren Stellen schälte sich die Farbe ab, und an der Decke zeigten sich Feuchtigkeitsflecken – aber immer noch war es schön hier.

„Du brauchst ein Feuer, Maria“, sagte Martin, denn sie fröstelte stark unter der Decke. „Ich gehe hinter das Haus und schaue, ob ich etwas trockenes Holz finden kann.“

„Und Beauty –“, sagte Maria.

„Ich hole ihn. Vielleicht gibt es dort einen Stall.“

Er fand einen Stall mit offener Tür hinter dem Haus. In einer der Pferdeboxen war Heu in der Krippe und ein Eimer mit Wasser. Martin war darüber nicht sonderlich überrascht und Beauty sehr zufrieden. In einer Ecke des Stalles lag trockenes Eichen- und Buchenholz aufeinandergeschichtet, außerdem gab es Tannenzapfen und zwei Säcke. Er füllte beide und ging wieder nach vorn zur Eingangstür, tief gebeugt unter seiner Last.

„Gleich haben wir ein Feuer, Liebste“, sagte er vergnügt, während er die Säcke neben dem Kamin absetzte, und er entzündete es mühelos mit Feuerstein und Zunder. Es war erstaunlich, wie schnell die Flammen aus dem Kamin züngelten, orange, blau und seegrün, und als sich der Raum langsam erwärmte, verbreitete sich gleichzeitig ein zarter Duft. Aber es machte ihn betroffen, daß Maria seltsam still war. Eigentlich hatte er erwartet, daß sie ihn bewundern und ihm gratulieren würde. Er wandte den Kopf über die Schulter und sah ihre weit aufgerissenen dunklen Augen in einem kalkweißen Gesicht. Sie hatte die Haube abgenommen, und das Haar fiel wirr über ihre Schultern. Doch sein Lächeln erwiderte sie mit einem schelmischen Blick.

Er fiel neben ihr auf die Knie und ergriff ihre Hände, und sein Gesicht war ebenso weiß wie ihres. Er glich so sehr einem erschreckten Schuljungen, der einen Geist erblickt, daß sie lachte, obwohl ihr Lachen etwas schrill ausfiel. „Wir müssen über einen Stein gestolpert sein, als das Rad abging“, sagte sie. „Schau mich nicht so verzweifelt an, Martin. Da ist sicher ein Dorf, sonst stünde dieses Haus nicht hier. Nimm die Laterne und suche es, Liebster. Jedes Dorf hat eine Hebamme.“

„Aber ich kann dich nicht allein lassen“, sagte er.

„Du mußt es aber, dummer Junge. Mir kann nichts geschehen. Das erste Kind braucht Stunden. Komm, Liebster. Was sollen wir sonst tun?“

Er drückte ihre Hände in den seinigen fast zu Brei, ließ sie dann los und erhob sich. Dann nahm er die Laterne und ging. Sie hatte recht. Es gab keine Wahl.

Er folgte einer grasbewachsenen Straße abwärts durch den feuchten Wald, bis sie sich gabelte. Dann hielt er an und glaubte beinahe, er sei verrückt, denn weder ein Wegweiser noch ein Lichtschimmer in beiden Richtungen zeigte ihm an, wo das Dorf war. Doch der Nebel lichtete sich ein wenig, und er meinte, neben ihm bewege sich etwas. „He – wer da?“ schrie er und machte, die Laterne in der Hand, ein paar große Schritte. Ja, es war ein Mann, ein großer alter Neger mit weißem Haar. Einen Augenblick lang erkannte er deutlich ein Paar dunkle, unglaublich gütig blickende Augen, ein aufblitzendes, mitfühlendes Lächeln und die Geste einer Hand, und dann folgte er dem alten Mann durch den Wald. Sie sprachen nicht miteinander, denn der andere ging immer vor ihm, fast unkenntlich im Nebel, doch es war leicht, ihm zu folgen. Den Weg durch den Wald hätte er jedoch nicht ohne Führung finden können, denn er gabelte sich, machte Kurven und verlor sich beinahe im Gestrüpp. Stunden schienen ihm vergangen zu sein, ehe sich der Wald lichtete und er einen Hahn krähen hörte. Dann erreichten sie einen tief eingeschnittenen Feldweg, und nun sah man dort unten Lichter eines Dorfes. Danach rannte er nur noch und donnerte bald an einer Tür. Sofort wurde geöffnet, und er sprudelte seine Geschichte vor einer freundlichen Frau hervor, die behäbig und unerschütterlich vor ihm stand. Den alten Neger hatte er vergessen.

2

Als sie allein war, versuchte Maria mit ganzer Kraft, sich nicht zu fürchten. Sie hatte immer geglaubt, sie wüßte nicht, was es sei, Angst zu haben. Aber bisher hatte sie noch kein Baby bekommen. Zahnschmerzen war das Schlimmste gewesen, was sie kennengelernt hatte. Nie zuvor etwas wie dieses: rhythmisch auftretende Schmerzen, die auf sie losbrausten und wie Wellen zurückwichen, und in jeder dunklen Woge, die über sie hereinbrach, war diese Furcht. Sie hätte sich nicht so sehr gefürchtet, wenn sie nicht allein gewesen wäre. Wenn Mama und Dr. Fothergill bei ihr gewesen wären, hätte es ihr nichts ausgemacht. Oder wenn Martin hätte bei ihr bleiben und beide einander an den Händen hätten halten können, wäre es nicht so schlimm gewesen. Aber Martin war draußen in der Nacht und fand vielleicht niemals das Dorf. Womöglich stürzte er, verletzte sich und kam nicht zurück. Dann würden sie und das Baby hier sterben. Ohne Dr. Fothergill würden sie sterben. Es war der alte Doktor, den sie so dringend herbeiwünschte, mehr als Mama oder Martin. Einmal meinte sie, seinen Schritt in der Diele zu hören, und sie schrie ihm zu: „Doktor Fothergill! Das Baby kommt. Bitte kommen Sie schnell!" Aber er kam nicht, und sie entsann sich, daß er schwerlich kommen konnte. Er war meilenweit entfernt. Sie und das Baby waren allein in diesem leeren Haus und würden sterben. Sie wußte, daß sie keinen Laut von sich gab, aber in ihrem Innern hörte sie sich voller Panik schreien: „Nein! Nein! Nein! Ich will nicht sterben. Ich will es nicht."

Sie setzte sich auf dem Sofa auf und strich sich das kräftige Haar aus der Stirn. „Nein", sagte sie laut, „ich will es nicht. Und ich werde nicht schreien. Es ist Heiligabend. Martin wird zurückkehren." Sie legte sich wieder hin und fand, daß sie ihr Entsetzen überwunden hatte. Oder irgend etwas sonst, außerhalb ihrer selbst, hatte es besiegt. War es das Zimmer? Obwohl schäbig und von Spinnweben überzogen, bot es doch einen heimeligen und freundlichen Anblick. Die Kerzen waren noch nicht ausgebrannt, und die kleinen Flammen, die in der Zugluft hin- und herzüngelten, sahen wie Blumen im Wind aus. Das Kaminfeuer warf einen warmen Widerschein auf die Holzvertäfelung. Die letzte große Schmerzwelle, jene, die sie in Entsetzen beinahe hatte aufschreien lassen, war gewichen, und eine weitere hatte sie noch nicht ergriffen. Die Natur ruhte sich aus und ließ sie in Frieden. Die Wärme des Feuers machte sie langsam schläfrig, und sie fühlte sich nicht allein. Sie war nicht allein. Sie legte ihre Hand unter die Wange, schloß die Augen und murmelte schlaftrunken: „Ich bin nicht allein."

In ihrem Traum war das Feuer immer noch warm und brannte, und die Kerzen auch, aber sie flackerten nicht in der Zugluft, weil lange, rosafarbene Vorhänge vor den Fensterläden hingen. Da gab es keine Spinnweben, und die blaßgrünen Wände waren frisch und sauber. Blumenkübel standen davor und Stühle mit schlanken, goldenen Beinen. Miniaturen hingen an den Wänden, und bekränzte Schäfer und Schäferinnen hatte man auf das Kaminsims gestellt. Vor den beiden großen Fenstern stand ein Cembalo, und eine Frau saß davor, deren Finger über die Tasten wirbelten. Das Spiel machte ihr große Freude, denn ihre Lippen zeigten ein Lächeln, und sie wiegte sich zu ihrer Musik leise hin und her, neigte den Kopf, verlor sich darin. Der Rock ihres tiefblauen Seidenkleides in der Farbe von Glockenblumen, wenn sie noch Knospen haben, war so weit, daß er wie ein Rad um sie den Boden und ihre Füße bedeckte. Um ihren Hals kräuselte sich weiße Spitze, und weißes Haar war auf ihrem Kopf aufgetürmt, obwohl sie nicht alt schien. Aber so jung wie Maria war sie auch nicht. Ihr lächelnder Mund glich nicht dem eines Mädchens, und ein Mädchen hätte auch auf dem Cembalo nicht so gut gespielt wie sie. Die fröhliche, strahlende Musik glich einem Frühlingsregen, wenn die Sonne verschwunden ist, oder einer Familie von Rotkehlchen, die zusammen singen. Es war wie ein mit Kerzen besteckter Weihnachtsbaum oder ein lachendes Kind. Maria lachte, während sie zuhörte, und sie meinte, es lache ihr Kind, ihr Kind, das gesund zur Welt gekommen, herangewachsen war und angesichts des Lichterbaumes mit den Händen geklatscht hatte. „Schaut, wie niedlich er ist", rief sie der Frau zu. „Seht nur, wie er sich über den Baum freut!" Aber im Zimmer wurde es dunkler, und die Musik erstarb. Statt der beschwingten Läufe hörte sie nur das Rascheln eines Rockes, als die Frau flink über den blanken Fußboden schritt. „Laßt mich nicht erwachen, bis ich Euch sehe", sagte Maria zu ihr, „laßt mich nicht erwachen, bis ich Euer Gesicht sehe."

Aber sie konnte den Traum nicht festhalten, und als sie erwachte, hatte das Zimmer Spinnweben wie zuvor, und niemand war da. Trotzdem spürte sie, daß sie nicht allein war. Sie lag ruhig und entspannt da und hörte immer noch das Lachen des Kindes. In großer Entfernung vernahm sie einen Hahnenschrei und lächelte.

3

Jedermann grüßte Dr. Fothergill, wenn er in seinem alten, schäbigen Einspänner die Straße hinunterfuhr; und jeden lächelte er heiter an, winkte ihm mit der Hand oder rief ihm eine drollige Bemerkung zu. Er war ein

Original. Niemand konnte sich die kleine Stadt ohne ihn vorstellen oder hätte das auch nur versucht. Er schien so sehr zum ständigen Bild des Ortes zu gehören wie der Wetterhahn auf dem Kirchturm. Er war alt, nahmen die Leute an, obwohl sie nicht wußten wie alt. Sein Haar war grau und sein rosiges, gleichsam verwittertes Gesicht von tiefen Furchen durchzogen, aber er war kräftig und robust, und sein herzliches Lachen konnte man beinah von einem Ende des Orts bis zum anderen hören. Er hielt sich so aufrecht, daß man allgemein annahm, er trüge ein Korsett, und wahrscheinlich stimmte das auch, denn er war ein eleganter Mann. Er hatte eine Vorliebe für Augengläser, Halsbinden von der letzten Mode, Westen und pelzverbrämte Hüte, und selbst bei seinen Besuchen auf den Höfen trug er seine Kostbarkeiten: seine goldene Uhr mit den von der Kette herabbaumelnden Petschaften zum Siegeln und ein Paar schöne Fingerringe. Und er schien auch immer eine Menge Kleingeld lose in den Taschen herumzutragen. Wann immer er einen Fall diagnostizierte, stand er mit gespreizten Beinen vor dem Kamin, hatte die Hände in den Taschen und klimperte mit den Münzen. Von diesem Klimpern lasen die Patienten ab, wie krank sie waren. Er war ein ausgezeichneter Doktor. Jeder Patient war ihm so wichtig, als ob es keinen außer ihm gäbe, und weder Wetter noch Entfernung, noch eigene Sorgen hatten ihn je dazu veranlaßt, einen Hilferuf auszuschlagen.

Trotzdem war er froh, daß er jetzt zu seinem warmen Kaminfeuer und zu seiner gutmütigen dicken Ehefrau Jemima heimfahren durfte, und er hoffte bei allen Heiligen, daß man ihn nicht über Weihnachten rufen würde.

Augenblicklich waren keine Babys zu erwarten, denn das junge Ding Maria erwartete ihres nicht vor einigen Wochen, und er hatte sein Bestes getan, alle seine alten Patienten für ein oder zwei Tage etwas auf Eis zu legen. Mit ein bißchen Glück würde das funktionieren. Seine Gedanken wandten sich mit Wohlbehagen einer gebratenen Gans und Plumpudding, seiner Pfeife und der verschlossenen Tür seines Sprechzimmers zu.

„Doktor! Doktor!“

Es war der laute Schrei von jemand in Not, den er nur zu gut kannte. Der zerlumpte kleine Junge lief über die Straße auf ihn zu, schlüpfte fast direkt unter den Köpfen der Pferde hindurch, und unter reichlichen Flüchen brachte der Doktor sein eigenes Pferd zum Stehen.

„Was zum Teufel willst du, Junge?“ fragte er ihn ärgerlich, als der Knirps auf das Kutschbrett sprang und sich an der Seite des Wagens anklammerte.

„Bauer Mudge, Herr, oben auf Longbarton Farm, geht's schrecklich schlecht.“

Longbarton Farm lag oben auf dem Moor, ein abgelegenes Gehöft – und ein einsamer Ritt, um dorthin zu gelangen. „Verdammter Mudge!“ sagte Dr. Fothergill. „Was ist denn los mit ihm?“

„Weiß nicht, Doktor. Aber wie ich sagte, 's geht ihm schrecklich schlecht.“

„Verdammter Kerl, der Teufel soll ihn holen“, sagte Dr. Fothergill, und nachdem er sich sein Glas ins Auge gesteckt hatte, schaute er sich den kleinen Jungen gut an, der da an der Seite seines Wagens hing. „Wer bist du, kleiner Kerl? Hab' dich noch nie gesehen. Wer hat dich geschickt?“

Die dunklen Augen des Jungen starrten ihn aus einem bleichen und spitzen Gesicht an. „Es geht ihm schrecklich schlecht, Doktor“, brachte er mit heiserer Stimme hervor. Dann sprang er hinunter, schlängelte sich durch den Verkehr, tauchte in einer Seitenstraße unter und war nicht mehr zu sehen. „Muß einer von der Mudge-Brut sein“, dachte Dr. Fothergill, als er auf sein Pferd einschlug und davonfuhr. Doch diese Brut war eine gesunde Gesellschaft mit vollen Bäuchen und braunen Gesichtern, und wenn der Junge einer von ihnen gewesen wäre, hätte er ihn um einen Platz im Wagen, um heimzufahren, gebeten. Es war verdammt merkwürdig. Er würde nicht hinfahren. Verdammt, wenn er es tat. Es war Weihnachtsabend.

Und doch, sobald er zu Hause angekommen und in rasendem Zorn geräuschvoll in seinen Hof eingefahren war, warf er seinem Stallknecht die Zügel zu und brüllte, er solle sein kleineres Pferd, das er für seine Ausritte auf dem Lande hielt, satteln. Im Hause sprang er die Treppe hinauf, immer zwei Stufen auf einmal, und während er sich in seine Reitkleidung warf, schrie er Jemima, die in der Küche die Gans füllte, zu, sie solle ihm ein dickes Stück Brot, Käse und ein Glas Bier ins Sprechzimmer bringen. Während er aß und trank, packte sie seine Satteltaschen, so wie sie es schon so oft getan hatte. Ab und zu legte sie eine Pause ein und rieb sich die Augen, denn obwohl sie seit vierzig Jahren mit einem Doktor verheiratet war und inzwischen Verzicht hätte lernen müssen, hatte sie sich auf dieses Weihnachtsfest gefreut. „Sei keine Närrin, Jemima“, knurrte er sie an, „ich bin vor morgen früh zurück.“

„Das wäre auch gut“, seufzte sie. „Es ist eine herrliche Gans. John, ich habe dir nicht einmal, sondern hundertmal gesagt, du sollst deine goldene Uhr und deine Ringe beim Ausreiten nicht tragen. Es ist nicht passend.“

„Ich hab' sie immer getragen und werd' es immer tun“, sagte Dr. Fothergill. Er legte seinen Arm um ihre Taille, gab ihr einen schmatzenden Kuß und war fort. Sie hörte ihn aus dem Hof heraustrappeln, brach in Tränen aus und ging zu ihrer Gans zurück. Glücklicherweise war sie zu sehr beschäftigt, um zu bemerken, daß die Sonne untergegangen und der Himmel verschleiert war.

Dr. Fothergill bemerkte es, als er in die Hügel hinaufritt. Er würde bald im Nebel stecken, daher trieb er sein Pferd an. Noah war ein gutes Pferd und das Moor gewöhnt, und sie kamen rasch voran; aber Dr. Fothergill fluchte noch immer vor sich hin und schwor, daß er Mudge etwas flüstern würde, wenn es nichts weiter als eine Kolik sei.

Eine Stunde später hätte er noch dazu den Hof beinahe verpaßt. Wenn Noah nicht ausgewichen wäre, um sich nicht am Klotz neben dem Tor, der zum Besteigen der Pferde diente, zu stoßen, er hätte ihn verpaßt. Er war dankbar, als sich auf sein Klopfen die Türe öffnete und Wärme und Helligkeit zu ihm hinausströmten, aber über die Maßen erstaunt, sie von Bauer Mudge geöffnet zu bekommen, der sehr kräftig und gut beieinander wie immer war.

„Doktor!“ brach es aus Mudge hervor, „was bringt Euch um diese Nachtzeit her?“

„Eure schwere Krankheit", sagte Dr. Fothergill grimmig. „Ich wäre Euch für eine Erklärung sehr verbunden, Mudge." Und er trat in die warme Küche ein, wo eine Horde vergnügter Kinder und eine lächelnde Mutter Kaninchensuppe verschlangen.

Es gab keine Erklärung. Bauer Mudge hatte nicht nach ihm ausgesandt. Er kannte den Jungen nicht. Offenbar handelte es sich um einen anderen Hof. Irgendwo war etwas durcheinandergeraten. Etwas wußte Bauer Mudge jedoch genau, daß der Doktor bei ihnen übernachten mußte. Nur ein Mann aus dem Moor wäre in diesem Nebel in der Lage, seinen Weg zurückzufinden.

„Nur ein Mann aus dem Moor?" stieß Dr. Fothergill empört hervor. „Ich will Euch mal was sagen, Mudge, daß ich meinen Weg blind über das Moor schon vor Eurer Geburt fand. Danke, Madam, ich nehme einen Löffel von der Suppe da, und dann breche ich auf zu meiner Frau. Weihnachtsabend, wißt Ihr. Sie möchte, daß ich zu Hause bin."

Der Bauer versuchte erneut, ihn davon abzubringen, denn er spürte eine unbestimmte Furcht, die er nicht laut äußern konnte. Er bot an, den Doktor zu begleiten, aber dieser Vorschlag trieb Dr. Fothergill auf eine beängstigende Weise die Zornesröte ins Gesicht. „Ich kenne das Moor wie meine Hosentasche", explodierte er, „ich muß nur immer geradeaus der Straße hinunter folgen. Also fröhliche Weihnachten euch allen. Ich hab' noch nie eine bessere Kaninchensuppe probiert."

Er fischte eine Handvoll Kleingeld aus seinen Taschen, gab jedem Kind eine Münze, stülpte sich den Hut auf den Kopf und stelzte hinaus. Der Bauer sah ihn mit Besorgnis ziehen. Hätte ihn seine Frau nicht an den Rockschößen gezogen, er hätte sein eigenes Pferd aus dem Stall geholt und wäre hinterhergeritten.

Nach einer halben Stunde der Unsicherheit, während der er sich nicht einmal selbst eingestanden hatte, daß er nicht wußte, wo er war, rief Dr. Fothergill vergnügt „aha!“ und gratulierte sich, denn durch den Nebel konnte er feststellen, daß er vor einer bekannten Wegkreuzung stand. Der eine Weg führte hinunter, vom Moor weg, und der andere gabelte sich oben auf dem Hügel wieder zur Rechten, und obwohl er geprahlt hatte, daß er das Moor wie seine Hosentasche kannte, war dies ein Weg, dem er noch nie gefolgt war. Seine Freude schien sich Noah mitgeteilt zu haben, denn das Pferd wieherte plötzlich laut und vergnügt, fast als hätte es ein anderes Pferd gesehen, trottete weiter und wandte sich nach rechts, den Hügel hinauf.

„Du irrst dich, Noah“, sagte Dr. Fothergill und versuchte, das Pferd zu zwingen, umzudrehen und den richtigen Weg einzuschlagen. Aber Noah weigerte sich. Er bäumte sich auf, als sein Herr die Peitsche benutzte, wollte aber nicht umdrehen. Er stand mit gespreizten Beinen da, schwitzend vor Kummer, die Nüstern weit geöffnet, wollte aber den anderen Weg nicht einschlagen. Dr. Fothergill nahm den Hut ab und rieb sich die Stirn. Hatte er einen Fehler gemacht? Hatte er den richtigen Pfad verlassen, und war diese Kreuzung nicht diejenige, die er kannte, sondern eine andere? Plötzlich entschloß er sich, Noah zu vertrauen. Er kannte die Klugheit der Pferde und Noahs insbesondere.

„Mach was du willst, Bursche", sagte er und lockerte die Zügel.

Noah wandte sich sofort nach rechts und setzte sich hügelaufwärts in Bewegung, und obwohl der Nebel noch sehr dicht war und die Dunkelheit hereinbrach, trabte er recht rasch bergan, als ob er seines Weges sicher sei, und ab und zu wandte er den Kopf nach links und wieherte vergnügt. Immer hielt er sich rechts vom Wege. Ein paarmal versuchte Dr. Fothergill, ihn dazu zu bewegen, die Mitte zu benutzen, wo der Weg bequemer war, aber das Pferd reagierte nicht auf den Druck der Zügel. Es blieb auf der rechten Seite.

Es war der eigentümlichste Ritt, den Dr. Fothergill jemals erlebt hatte. Der Nebel lichtete sich ein wenig, aber die Dunkelheit nahm zu. Manchmal ritt er unter dem dunklen Dach tropfender Bäume, manchmal im offenen Gelände. Zweimal kamen sie zu einem Tor, und Dr. Fothergill mußte absteigen und es öffnen. Jedesmal trabte Noah vertrauensvoll hindurch und hielt sich weiter auf der rechten Seite. Einmal meinte der Doktor, er müsse sich in der Nähe eines Dorfes befinden, denn er glaubte, einen Hahn krähen zu hören. Dann ging der Weg weiter durch dichten Wald und steil aufwärts in die Dunkelheit. Aber Noah hatte keine Schwierigkeit, dem Pfad zu folgen, und Dr. Fothergill, der zwar nicht die leiseste Ahnung hatte, wo er sich befand, fühlte sich eigentümlich sicher und glücklich wie schon die ganze Zeit, seitdem er sich Noah untergeordnet hatte. Der Wald lichtete sich, und sie galoppierten unter einem Torbogen in einer steinernen Mauer hindurch und weiter eine Wagenauffahrt hinauf. Am Fuß einiger Treppenstufen, vor einem Haus, aus dem Licht durch die Ritzen der Fensterläden eines Zimmers im unteren Stock hindurchschien, stand Noah unvermittelt still. Dr. Fothergill stieg ab, ging die Stufen hinauf und über die Terrasse und klopfte an die Tür. Sie wurde von Martin geöffnet, der eine Laterne in der Hand hielt. Er sah verstört und sehr erregt aus, seine roten Haare waren zerzaust und seine Augen umschattet.

„Ich bin der Doktor", sagte Dr. Fothergill ruhig.

„Der Doktor!" Martin senkte die Laterne und schaute dem alten Mann ins Gesicht. „Mein Gott! Dr. Fothergill!" Seine Hand schoß hervor und packte den Doktor an der Schulter. „Wie konntet Ihr das wissen? Es geht um Maria. Sie bekommt das Baby und fühlt sich sehr schlecht. Geht schnell hinein. Ich nehme Euer Pferd." Er rannte über die Terrasse, nahm Dr. Fothergills Satteltaschen herunter und brachte sie ihm. „Beeilt Euch, Doktor", sagte er, „das Zimmer links. Beeilt Euch um Gottes willen!"

„Bleibt ruhig, junger Mann", sagte Dr. Fothergill. „Ich bezweifle sehr, daß es schlecht geht. Schaut nach meinem Pferd. Es ist ein gutes Pferd." Als er ins Haus trat, hörte er in der Entfernung eine Uhr schlagen. Mitternacht. Der Heiligabend war vorüber. Der Weihnachtstag war angebrochen.

4

Beim ersten Hahnenschrei, jenem geheimnisvollen Augenblick, wenn, wie gesagt wird, alle Lebewesen aufwachen, sich regen, wieder einschlafen und nur die Hähne sich hören lassen, wurde der Junge geboren. Er war klein, aber recht kräftig und hatte sich sehr damit beeilt, noch als „Christkind“ geboren zu werden. Während er und seine Mutter schliefen und Martin über sie wachte, ging Dr. Fothergill zur Küche, um sich die Hände zu waschen und sich herauszuputzen, ehe er heimritt, um die gute Nachricht von einem Enkel Marias Eltern zu überbringen. Mrs. Appledore, die Hebamme, die Martin vom Dorf mitgebracht hatte, kam mit ihm, damit sie beide den glücklichen Ausgang einer Niederkunft, die einen gewissen Augenblick sehr bedroht schien, besprechen konnten.

„Ihr kamt gerade noch rechtzeitig, Sir, glaube ich“, sagte Mrs. Appledore.

„Ihr hättet es allein geschafft, meine Liebe“, antwortete Dr. Fothergill.

„Ich bin nicht sicher, Sir. Der junge Herr, der arme Kerl, war mir keine Hilfe. Die junge Frau – half sich selbst. Sie schien sich keinen Augenblick lang zu fürchten.“

„Sie ist ein beherztes Mädchen, obwohl schrecklich eigenwillig“, bekräftigte Dr. Fothergill. „Wem gehört dieses Haus? Nichts drin außer ein paar Lumpen und zerbrochenen Möbeln, doch man hat das Gefühl, es sei bewohnt.“

„Der Besitzer befindet sich im Ausland, Sir“, sagte Mrs. Appledore. „Er ist ein wunderlicher Herr. Als sein Bruder starb und das Haus ihm zufiel, verkaufte er alle wertvollen Möbel und ließ zurück, was übrig war. Er vermietete die Ställe an einen Bauer aus der Nachbarschaft, aber das Haus vermietete er nie. Das hieß, daß er eines Tages hier leben wollte, wurde mir gesagt."

Sie gingen hinaus in die Diele. Neben der Eingangstür befand sich ein Fenster, durch das das erste Licht des Weihnachtsmorgens hereinflutete. Der Westwind von der See hatte den Nebel hinweggefegt, und ein großer Stern leuchtete noch immer am klaren, grünlichen Himmel. Vor dem Fenster hob sich das bewaldete Land scharf vor dem hohen Moor ab. Einen Augenblick lang stand Dr. Fothergill am Fenster, denn obwohl er das Moor so gut kannte, konnte er es nie, so unerwartet wie jetzt, ohne tiefe Ergriffenheit ansehen. Als er sich wieder vom Fenster abwandte, erblickte er ein Porträt, das nahe dem Fenster an der getäfelten Wand hing. Es stellte einen Mann in mittleren Jahren mit gepudertem Haar, zum Zopf geflochten, dar. Er hielt sich sehr gerade, und sein Gesicht drückte große Rechtschaffenheit aus. Dr. Fothergill, sehr bewegt von diesem Bild, betrachtete es eine ganze Zeit lang. „Wer ist das?" fragte er, „der Besitzer?"

„Nicht der gegenwärtige Besitzer, Sir. Sein Bruder, der starb."

„Wie lang ist das her, daß er starb?"

„Vor zehn Jahren, Sir." Plötzlich wurde Mrs. Appledore geschwätzig. „Er und seine Gattin lebten hier viele Jahre lang. Sie liebten den Ort. Sie lebten hier mit einem alten Neger als Diener. Er hing sehr an ihnen. Sie hatten keine Kinder, und das bereitete ihm Kummer. Plötzlich dann meinte die Dame, daß ein Kind unterwegs sei. Sie war darüber so glücklich, und ihr Gatte und der alte Diener auch. Sie waren wie die Kinder, so glücklich.

Aber sie starb, Sir, und das Kind auch. Ihrem Gatten und dem alten Diener brach das Herz. Sie verschlossen das Haus und gingen in fremde Länder, aber nach wenigen Monaten überfiel sie beide ein Fieber, und sie starben dort. Ich war beruhigt, als ich es hörte. Niemand hätte es ihnen gewünscht, ohne meine Lady zu leben."

Es schien eine traurige Geschichte zu sein, aber es war kein trauriges Haus. Dr. Fothergill empfand, daß er selten glücklicher gewesen war. Behutsam öffnete er die Tür zum Salon, um einen letzten Blick auf seine Patientin zu werfen, dann nickte er Mrs. Appledore zu, damit sie käme und auch hineinschaue.

Sie hatte Decken vom Dorf mitgebracht, und Maria ruhte auf einem Stapel von ihnen vor dem Feuer. Sie lag im Schlummer, ihr Baby an sie geschmiegt. Martin hatte sich auf dem Fußboden neben ihr ausgestreckt und schlief ebenfalls. Ganz entspannt im tiefen, traumlosen Schlaf der Erleichterung und Erschöpfung, sahen beide viel jünger aus, als sie an Jahren waren. Sie glichen einem Jungen und einem Mädchen. Im Schlaf hatten sie sich ein wenig einander zugewandt, das Kind zwischen ihnen, und Martin hatte einen Arm schützend über Frau und Kind ausgestreckt.

Die beiden älteren Leute gingen auf Zehenspitzen wieder hinaus und in die Diele. Nachdem er die Türe geschlossen hatte, schneuzte sich Dr. Fothergill laut die Nase. Nie konnte er sich daran gewöhnen. Schon vor langer Zeit hatte er die Zahl der Kinder vergessen, die er zur Welt hatte bringen helfen, doch immer schien es ihm ein neues Wunder zu sein. Er ging hinaus und trat auf die Terrasse, und der zweite Hahnenschrei ertönte. In der stillen, kristallklaren Luft konnte er die kleinen Trompeten in allen Richtungen hören. Dann erstarb die Fanfare, einen Moment lang herrschte Stille, und die Weihnachtsglocken begannen zu läuten. Ein Kind war geboren worden.

5

Einen Monat später wurde Dr. Fothergill an das Bett eines kranken Mannes gerufen. Es handelte sich um einen Landstreicher, hinter dem die Obrigkeit schon seit einiger Zeit her war und der zuletzt auf frischer Tat ertappt worden war: bei einem Raubüberfall, und Dr. Fothergill mußte ihn zusammenflicken, ehe er nach der nächsten Gerichtssitzung gehängt werden sollte. Doch zu seiner Erleichterung lag der Mann bereits im Sterben. Es würde nicht länger als eine Stunde währen, und er konnte nichts für ihn tun, außer dem armen Kerl Gesellschaft leisten. Er hatte einen hartgesottenen, verbrecherischen Charakter, aber er war ein Mensch, und das Mysterium des Todes hatte Dr. Fothergills Erbarmen selten weniger erregt als das Wunder der Geburt. Er saß neben ihm, seine Hand lag leicht auf des Mannes Handgelenk, und fragte ihn nach seinem Namen. Die Antwort lautete: Tom Badger. Er wiederholte den Namen ruhig, doch mit Nachdruck, als ob er ihm gefalle. Er war der Ansicht, daß es den Sterbenden das Gefühl ihres eigenen Wertes, das Gefühl, daß man um sie als Individuum besorgt war, vermittelte, wenn man ihren Namen so aussprach. Besonders bei einem Kerl wie diesem Landstreicher, um den sich vermutlich nie jemand im mindesten gekümmert hatte.

Eine Weile schwieg der Mann, dann sagte er: „Ihr hattet Glück, Doktor."

„Glück?" fragte Dr. Fothergill.

„Ihr hattet beinah mein Messer in Eurem Rücken am Weihnachtsabend."

Dr. Fothergill antwortete freundlich: „Wieso, Tom?"

„Erinnert Ihr Euch an den Jungen, der Euch eine Botschaft von Longbarton Farm brachte? Ich bestach ihn dafür. Ich war hinter Eurer Uhr und Euren Ringen her und nach dem Geld in Euren Taschen. Ich war verzweifelt in jener Nacht." Seine Stimme erstarb, und Dr. Fothergill wartete. Sogleich fuhr er fort, als ob er darum kämpfe, seine Geschichte mit der letzten Kraft, die ihm verblieben war, zu erzählen. „Auf Eurem Hinweg verfehlte ich Euch, der Nebel war zu dicht. Beim Herabsteigen glaubte ich, es müßte mir gelingen. Es war in den Büschen, genau unterhalb der Kreuzung. Ich war Euch beinahe so nah wie jetzt. Ich hätte Euch vorbeigehen lassen und Euch dann angefallen."

„Was hinderte Euch, Tom?"

„Ihr seid rechts abgebogen, und ich fürchtete mich, Euch zu folgen. Ich wagte es nicht. Nicht Euch beiden."

Dr. Fothergill sagte: „Ich war allein, Tom."

„Nein, Sir. Ein anderer Reiter war an Eurer Seite."

Dr. Fothergill blieb ruhig und entspannt in seinem Stuhl sitzen, aber einen Augenblick lang schien der elende kleine Raum um ihn zu schwanken. Dann hörte es auf, und er sagte: „Wie sah er aus, Tom?"

„Er ging sehr aufrecht. Graues Haar, mit einem Band zusammengebunden. Ich seh' sein Gesicht klar vor mir, weil der Mond draufschien, obwohl's komisch ist, wenn Ihr Euch erinnert, wie dick der Nebel war. Aber ich sehe sein Gesicht klar vor mir, und ich fürchtete mich vor ihm."

Dr. Fothergill mußte sich noch nach vorn beugen, um die letzten Worte zu verstehen, der Mann schien zu sterben. Aber ein paar Minuten später öffnete er seine Augen noch einmal und sagte klar: „Am besten verlaßt Ihr mich jetzt, Doktor, Ihr hättet mein Messer im Rükken gehabt, wenn ich nicht Angst gehabt hätte."

Dr. Fothergill verstand die Bedeutung dieses Satzes. Er wollte nicht in der Sterbestunde des Mannes unbillige Zuneigung beanspruchen. Im letzten Augenblick war in dieser Seele eine Empfindung für die Wahrheit wach geworden.

Die Hand des Doktors schloß sich ein wenig um das Handgelenk des Sterbenden. „Ich werde Euch nicht verlassen, Tom", sagte er.

Der Bambino

1

Pfarrer Frodsham machte sich daran, die Weihnachtspredigt zu schreiben. Er ächzte und schob seinen gewaltigen Leib von einer Seite zur anderen im Versuch, es sich in seinem nicht gerade gemütlichen Stuhl bequem zu machen: die Füllung quoll aus den Rissen des Ledersitzes, Stuhlrücken und Lehnen waren aus solidem Holz. Um den Kopf etwas abzukühlen, nahm er die Perücke ab und hängte sie an die Stuhllehne. Dann setzte er die Brille auf, schnitt seine Feder zurecht, spuckte sich in die Hände und packte sie. Er tauchte sie in die Tinte und brachte sie aufs Papier, doch sie kleckste, und die Tinte spritzte über die ganze noch jungfräuliche Seite. Er ließ sie fallen und fluchte Stein und Bein. Dann wischte er sie auf der schäbigen alten Soutane ab, die er in seinem Studierzimmer bloß um ihrer Wärme willen trug, denn er war eigentlich kein Liebhaber von Soutanen – spitzte die Feder noch einmal und machte einen zweiten Versuch.

„Vierundzwanzigster Dezember im Jahre des Herrn 1735", schrieb er oben auf die Seite. „Predigt, gehalten von Benjamin Obadiah Frodsham in der ‚Kirche der Jungfrau Maria, des Engels Gabriel und aller Engel' im

Dorf Gaysbarton in der Grafschaft Devonshire. Vers sieben des zweiten Kapitels im Lukas-Evangelium: ,Und sie gebar ihren ersten Sohn, wickelte ihn in Windeln und legte ihn in eine Krippe.'" So weit, so gut. Pfarrer Frodsham hatte eine schöne, flüssige Handschrift mit riesigen „S" und „F". Seine „G" und „Y" hatten Schwänze wie die von Seeschlangen, und damit war bereits ein Großteil der Seite bedeckt. Er lehnte sich im Stuhl zurück und blickte an die Decke. Ein Kräutersträußchen baumelte ein paar Zentimeter von seiner Nase entfernt von einem alten Eichenbalken herab, er sog den Duft genußvoll ein. Salbei. Thymian. Genau in diesem Moment bereitete Gideon draußen die Gans vor. Das Wasser lief ihm im Munde zusammen. „Gott sei mir Sünder gnädig", seufzte er, „denn ich zolle meinem Bauch zuviel Respekt." Er beugte sich wieder nach vorn und schrieb: „Liebe Gemeinde, wieder einmal haben wir uns zu diesem Christfest hier versammelt..."

Warum nur, fragte sich Pfarrer Frodsham und ließ die Feder fallen, als sei sie eine Viper, warum nur wartete er mit der Niederschrift seiner Predigt bis zum Heiligabend? Er wußte, er brauchte eine Woche harter Arbeit, und doch – immer, immer wartete er bis zum letzten Augenblick. Und warum hörte er auf sein lästiges Gewissen, das darauf bestand, daß die Weihnachts-, Oster- und Pfingstpredigten von ihm selbst geschrieben werden mußten? Bei jeder anderen Gelegenheit, wenn er predigen mußte, ergriff er bloß ein auf dem Boden liegendes zerfetztes Buch mit anderer Leute Predigten und predigte daraus, was ihm unter die Finger kam. Es ersparte ihm lange peinvolle Stunden und lullte seine müde Gemeinde ebenso in Schlaf, wie es seine eigenen Bemühungen taten. An den großen Kirchenfesten jedoch hatte er das Gefühl, daß Gott von ihm sein armseliges Bestes verlangte. Sein Bestes wurde mit den Jahren immer schlechter und ach, die eingerosteten Gelenke; alt und dick war er, hatte ein zunehmendes cholerisches Temperament und litt mehr unter der Kälte als früher – er versuchte wirklich, wenigstens an den großen Tagen sein Bestes zu geben, den großen Tagen zum Ruhme Gottes, wenn sogar er im Innern seines rheumatischen Fleischberges etwas in sich aufsteigen spürte wie Saft im Frühling. „... um das Kind von Bethlehem anzubeten", schrieb er, „und in unserem Herzen seinen Frieden zu empfangen."

Das war ein schöner Satz. Das hatte er gut ausgedrückt. Er war so zufrieden mit sich selbst, daß er seine Feder wieder niederlegte und sich die Hände rieb. Schließlich, dacht er, sollte er doch in der Lage sein, gute Predigten zu schreiben, denn er war ein literaturbeflissener Mensch. Er las viel. Es standen so viele Büchertürme auf dem Boden seines Studierzimmers herum, daß es aussah wie in einem gerodeten Wald voller Baumstümpfe, und auf jedem Stumpf standen eine schmutzige Tasse und Untertasse, Erinnerungen an die Teezeiten vieler vergangener Tage – alle überzogen mit einer feinen Schicht aus Staub und Spinnweben. Pfarrer Frodsham war Junggeselle, und sein einziger Diener war Gideon, der Maulwurfjäger; denn wenn es etwas gab, das er mehr haßte als Predigten schreiben, dann waren es Frauen. Gideon hielt nichts davon, Staubflokken aufzuwirbeln, und Pfarrer Frodsham wußte immer genau, wo er etwas suchen mußte. Maulwürfe hingen flach an der prachtvollen Holztäfelung des Zimmers angenagelt, denn Pfarrer Frodsham war ebenso fasziniert von der Kunst des Maulwurf-Fangens wie Gideon. Die beiden alten Männer lebten sehr vergnügt zusammen.

„Liebe Gemeinde, laßt uns nun die Engel betrachten“, schrieb Pfarrer Frodsham. Nicht, daß er sie besonders betrachten wollte, denn sein Haß auf Ringeltauben und Amseln nahm ihn nicht besonders ein für geflügelte Wesen; aber er mußte etwas sagen, und Gaysbarton war nach Gabriel benannt. Die Engel. Was konnte er über Engel sagen? Wenigstens plünderten sie nicht seinen Garten. Jetzt ging es um ihre Botschaft. Die Botschaft der Engel. Das war ein Teil von Weihnachten. Wo war sie? Er spähte durch seine Brille auf die zerrissene Seite seiner alten Bibel und hielt den Vers mit dem schwieligen Zeigefinger fest. „Friede auf Erden und den Menschen ein Wohlgefallen.“ Er schrieb es nieder, und seine Feder zog ohne seinen Willen eine verkleckste, jedoch kräftige Linie unter das letzte Wort. Er betrachtete sie und fand sich dieses eine Mal in völliger Übereinstimmung mit geflügelten Wesen. Zum Teufel mit jener Frau! Zum Teufel mit der Witwe Gascoigne! Gascoigne! Welch ein Name! Und sie mochte es, „Madame“ genannt zu werden, Madame Étienne Gascoigne, nur weil sie, eine in Devonshire geborene, aufgewachsene und getaufte – hier in dieser Kirche getaufte – Jane Cob, einen heidnischen Papisten als zweiten Mann geheiratet hatte. Noch mehr Schmach über sie! Wenn es wahr war, wie man im Dorf sagte, daß ihre zweite Ehe – ihr zu Gefallen geschlossen – sogar noch katastrophaler als ihre erste – ihrem Vater zuliebe geschlossen – gewesen war, konnte er nur finden, daß das eine Strafe Gottes war. Zänkische Wichtigtuerin! Sie hatte das ganze Dorf aufgehetzt. Er selbst war zänkisch, legte sich immer mit jemandem an und bat dann Gott um Verzeihung, aber er bat nie um Vergebung, wenn er sich mit der Witwe Gascoigne herumgestritten hatte, denn sein Krieg mit ihr war ein heiliger Krieg.

Zu jedem Weihnachtsfest bestand sie darauf, die Joneys in die Kirche zu bringen, und jede Weihnachten befahl er ihr, sie zu entfernen, und an jedem Weihnachten weigerte sie sich stoisch, und da ihr Wille stärker war als seiner, gewann sie zu jedem Weihnachtsfest die Schlacht. Dieses Jahr jedoch, sagte Pfarrer Frodsham zu sich selbst, würde sie *nicht* gewinnen. Wenn sie durch irgendeinen Zufall jene Joneys wieder in die Kirche schmuggelte, ohne daß er es bemerkte, würde er sie herausholen, in den Küchenkamin werfen und damit seine Gans braten, und das würde ein geziemendes Ende für derlei heidnische Bildwerke sein. Leise grollend und keuchend schob er seinen Tisch und Stuhl, sich selbst und seine Predigt näher zum Fenster, denn er plante, die restlichen Stunden bei Tageslicht mit dem Schreiben der Predigt zu verbringen und dabei die Dorfwiese zu überwachen, die zwischen dem Haus der Witwe Gascoigne und der Kirche lag, um sich auf die Witwe zu stürzen und ihr den Weg zu versperren, sobald sie und ihre sauertöpfische Magd mit den Joneys daherkämen. In anderen Jahren hatte sie sie immer ohne sein Wissen in der

Kirche aufgestellt, und das hatte sein Problem noch verstärkt. Sie hatte, so nahm er an, den Augenblick abgepaßt, wenn er in sein Abendessen vertieft war, das er, wie sie wußte, übertrieben hochschätzte. Er hatte das Dorf im Verdacht, daß es sein Abendessen witterte und es ihr verriet, denn das Dorf liebte die Joneys, und in diesem heiligen Krieg waren alle gegen ihn.

Vor achtzig Jahren war der Großvater der Witwe Gascoigne zum Pfarrer von Gaysbarton ernannt worden. Er war während der Regierungszeit König Charles' II. ein anglikanischer Geistlicher und geschickter Holzschnitzer gewesen, hatte Figuren von Joseph, Maria und dem Kind, Gabriel und den Hirten verfertigt und sie an jedem Weihnachtsfest in der Kirche aufgebaut, um die Kinder zu erfreuen, und die hatten sie „Joneys" genannt, ein Ausdruck in Devonshire für jede Art von kleinem Bildwerk. Dreißig Jahre später war ihm sein Sohn gefolgt, ebenfalls ein Geistlicher der Hochkirche, der vierzig Jahre in Gaysbarton lebte und dort starb wie sein Vater, und während all der Zeit erschienen die Joneys jedes Jahr in der Kirche und waren zur Tradition des Dorfes geworden. Selbst während der Jahre der Republik unter Cromwell waren sie da, denn das Dorf lag so abseits zwischen den unwegsamen Hügeln, daß die Obrigkeit sich wenig darum kümmerte, was man in solch winzigem Ort trieb. Vor zehn Jahren war Pfarrer Frodsham selbst nach Gaysbarton gekommen, knapp zwei Monate später gefolgt von Madame Gascoigne, die als Witwe heimgekehrt war, um den Rest ihres Lebens in ihrem Geburtsort zu verbringen, und fest entschlossen, alles in Gaysbarton so weitergehen zu lassen wie zur Zeit ihres Vaters und Großvaters. Pfarrer Frodsham hatte im Gegensatz dazu einen ganz anderen Standpunkt, denn er war Protestant, und zwar so protestantisch wie möglich. Das Dorf verhielt sich gleichgültig gegenüber seinen Geistlichen, anglikanisch oder protestantisch, liebte aber die Joneys über alle Maßen. Von Anfang an bestand Kriegszustand zwischen Madame Gascoigne und Pfarrer Frodsham.

Der alte Mann beobachtete die gegenwärtig noch leere Dorfwiese genau. Es war zwölf Uhr an einem frostigen Morgen. Während der Nacht hatte es leichten Schneefall gegeben, der erste eines noch eisfreien Winters, und er glitzerte in der Sonne. Pfarrer Frodsham war kein Ästhet, trotzdem fand er, daß alles sehr hübsch aussah. Das Dorf, auf steilem Hügel thronend, war sehr alt. Die gekalkten, strohbedeckten Häuser gruppierten sich um einen Anger mit einem grauen keltischen Kreuz in der Mitte. Die Kirche war eine der schönsten in der an wunderbaren Kirchen reichen Gegend. Ihr Turm erhob sich über dem kleinen Dorf wie der einer Kathedrale. Von seinem kleinen, strohgedeckten Haus aus schaute Pfarrer Frodsham über das Dorf und das bewaldete Tal hinweg bis zum großen kahlen Hochmoor. Heute war es schneebedeckt, geädert von amethystfarbenen Schatten; da die Luft so klar war, schien es nahe herangerückt, und sein Kamm hob sich scharf vom tiefblauen Himmel ab. An anderen Tagen war es nebelhaft verschwommen und weit entfernt, und an wieder anderen verschwand es hinter rauschenden Regenvorhängen. Nicht zwei Tage glichen sich in dieser Gegend, aber jeder Tag, selbst bei schlechtem Wetter, besaß seine eigene unglaubliche Schönheit. Im Anschauen dieser Schönheit entglitt Pfarrer Frodsham die Feder, obwohl er doch kein Mensch mit ästhetischen Neigungen war.

Ein Grüppchen kleiner Kinder kam von der Kirche her angelaufen, alle in ihre Wintersachen eingemummt, rotbäckig und glücklich, und Pfarrer Frodsham lächelte wohlwollend, während er sie beobachtete. Dann erreichten ihn ihre klaren hohen Stimmen durch das schlecht schließende Fenster. „Die Joneys sind in die Kirche gekommen! Die Joneys sind gekommen!"

Er sprang auf die Füße, wobei der Tisch so sehr ins Rutschen kam, daß das Tintenfaß in hohem Bogen durch die Luft flog und die Tinte auf all die Tassen, Untertassen und Bücherstapel und auf das zarte, sie überspannende Netz aus Spinnweben und Staub spritzte. Gerade noch besann er sich darauf, die Perücke überzustülpen, doch zum Mantelanziehen nahm er sich keine Zeit mehr. Mit beiden Händen raffte er die Soutane und schoß mit seiner Leibesfülle in Känguruhsprüngen durch seine kleine Haustür über die Wiese, denn es war möglich, daß die Witwe und ihre Magd noch in der Kirche steckten, und dort wollte er sie abfangen. Sie mußten die Joneys in die Kirche gebracht haben, als er mit einem späten Frühstück beschäftigt war.

In zwei Riesensprüngen war er unter dem überdachten Friedhofstor, und mit weiteren sechs hatte er den Kirchhof durchquert. Er fingerte ungeschickt am Riegel des Westeingangs herum, stolperte in die Kirche hinein und sank auf eine Bank, so sehr außer Atem, daß ihn jede Kraft verließ. Er saß vornübergebeut, den Kopf in den Händen, schnaufend wie ein Blasebalg. „Feister

Kerl", beschimpfte er sich selbst, „viel zu sehr verliebt in meinen Bauch. Gott sei mir gnädig." Es wurde ihm besser, er richtete sich auf und schaute um sich. Die Kirche war leer, die Witwe schon lange nach Hause gegangen. Aber die Joneys waren in der Kirche. Rechts von der Kanzel stand eine kleine unbenutzte Seitenkapelle, und dort konnte er die strohgefüllte Krippe sehen und die Figuren von Maria, Joseph, Gabriel und den Hirten. Dahinter, auf einen kleinen steinernen Altar, hatte die Witwe ein Gefäß mit Stechpalmenzweigen und zwei Kerzen gestellt. An jedem Weihnachtsfest zündete sie diese Kerzen an, und jedesmal blies sie Pfarrer Frodsham wieder aus. Er betrachtete die Joneys mißmutig. Es war schwierig, sie herauszuholen, da sie mit solch liebevoller Sorgfalt aufgebaut waren, aber dieses Jahr mußte er es tun. Doch nicht in den nächsten zwei Minuten. Zuerst mußte er wieder zu Atem kommen.

Jetzt erfüllte ihn der gewohnte Friede, den jeder empfand, der in diese alte, ehrwürdige Kirche kam. Die Bänke aus dunklem Eichenholz hatten geschnitzte Lehnen, alle voneinander verschieden. Die steinernen Fliesen waren von den vielen Füßen während der Jahrhunderte ausgetreten worden, den Füßen von Männern und Frauen, die elend und hungrig im Geist zum Altar gekommen und getröstet und zufrieden herabgestiegen waren. Dort gab es eine alte geschnitzte Chorschranke mit den Figuren von Maria, Gabriel und den Engeln. Das alte grüne Glas in den Fenstern war undurchsichtig, aber es ließ das Sonnenlicht wie mit himmlischer Alchemie hindurch. Der alte Pfarrer seufzte tief.

Dann kam ihm plötzlich zum Bewußtsein, daß er sich

fälschlicherweise allein in dieser Kirche geglaubt hatte. Hier steckte noch ein anderes menschliches Wesen. Aber er konnte keines erblicken, nur die Joneys im sanften, seegrünen Licht, das durchs Südfenster hereinfloß und ihre blauen, roten und grünen Farben und Gabriels goldene Flügel erglänzen ließ.

Was war denn das? Pfarrer Frodshams Herz machte einen großen Sprung, denn er sah, wie eine winzige Hand über dem Krippenrand winkte. Er starrte hin, aber da war nichts. Natürlich war da nichts. Da war es wieder und winkte ihm zu. Er hielt seine große Hand vor die Augen und stöhnte. Welche Streiche konnten einem Mann Verdauungsstörungen spielen! Nichts zu sehen, als er wieder hinblickte. Natürlich nichts. Doch. Jetzt bewegungslos, die Hand zum Segen erhoben. Ihn segnend? Ja, ihn segnend. Dummes Zeug, Blödsinn. Wieder weg. Jetzt war nichts mehr zu sehen, aber zorniges Wehgeschrei erfüllte die Kirche.

Pfarrer Frodsham hob sich langsam auf die Füße und stolperte das Seitenschiff entlang zur kleinen Kapelle. Zwei ausgetretene Stufen führten hinauf, er torkelte über sie und fiel auf die Knie vor der Krippe. Darin lag statt des gewohnten wunderschönen Bambino mit rosigen Bäckchen und blauen Augen, mit goldenen Locken und seraphischem Ausdruck ein äußerst häßliches Baby mit einem vor Zorn zusammengezogenen, purpurroten Gesicht, nackt wie eine Kirchenmaus, nur eingewickelt in einen alten Schal. Mit seinen Fäustchen fuhr es hin und her. Pfarrer Frodsham durchfuhr einen Moment lang jäher Schrecken, dann befühlte er es und merkte, daß es feucht war. Das gehörte nun einmal zu Babys und war der Hauptgrund für seinen Widerwillen gegen sie. Wenn er ein Baby taufte, packte er es krampfhaft, segnete es, brüllte den Namen über seinen Kopf hinweg und händigte es hastig seiner Mutter wieder aus. Er war kein Freund von Babys. Trotzdem wurde ihm jetzt rasch klar, daß mit diesem etwas geschehen mußte. Es war ein sehr neugebackenes Baby, und wenn man es in diesem feuchten Zustand in der kalten Kirche ließ, würde es sich bald in einen dicken Eiszapfen verwandelt haben. Ein Gebet um Kraft auf den Lippen, nahm er es auf. Dann klemmte er es in der Armbeuge fest, bückte sich und schaute unter die Krippe. Dort lag auf dem kalten Stein das richtige Bambino. Das las er ebenfalls auf und steckte es in sein Nest. Dann brachte er das Baby aus der Kirche.

Während er es über den Kirchhof trug, war ihm rätselhaft, was er jetzt tun sollte, aber sobald er den Dorfanger erreicht hatte, wurde ihm die Entscheidung abgenommen, denn das Baby, das die Kühle seines stark gelichteten Haares spürte, vollführte ein entsetzliches Wehgeschrei, und augenblicklich wurden in jedem Haus rund um die Dorfwiese Fenster weit aufgerissen – auch dasjenige der guten Stube von Madame Gascoignes hübschem kleinen Häuschen, und an allen erschienen blitzartig Frauenköpfe. „Ein Baby ist in der Kirche ausgesetzt worden", sagte er und stolzierte hochmütig in Richtung des Pfarrhauses, auf dem Fuße gefolgt von allen gehfähigen Frauen des Dorfes. In seinem Studierzimmer wanden sie sich geschickt zwischen den Bücherstapeln auf dem Fußboden hindurch, rafften die Röcke hoch, um nicht die Tassen und Untertassen umzuwerfen, und hatten sich im Handumdrehen um ihn und das Baby geschart, dessen Geschrei im durchdringenden Lärm ihrer Unterhaltung unterging. Die Aufregung erreichte den Siedepunkt, denn nicht nur gab es hier ein Baby zu sehen, sondern jede der versammelten Frauen hatte sich jahrelang danach gesehnt, ins Pfarrhaus einzudringen und seine Unordnung zu beseitigen, und wer nicht bis zu dem Baby vordrang, stapelte sogar jetzt das schmutzige Geschirr aufeinander und brachte es hinaus in die Küche. Pfarrer Frodsham blickte um sich, schwankte, und das Baby wurde ihm sanft weggenommen. „Ich werde mich um das Kind kümmern", sagte eine feste, kühle Stimme. „Setzt Euch, Mr. Frodsham. Maria Larkin, gebt seiner Ehrwürden eine Tasse Tee."

Pfarrer Frodsham fiel in seinen Stuhl und sagte, während er sich das Gesicht mit einem großen zerrissenen Taschentuch abwischte, demütig: „Ich könnte was Stärkeres vertragen, Madam."

„Maria, holt ein Glas Brandy für seine Ehrwürden", sagte die kühle Stimme, „Ihr werdet es bestimmt im Eßzimmerschrank finden."

Einen Moment später hielt er das Glas in Händen. Er warf den Kopf zurück, hielt es schräg über der Nase und goß es hinunter. Die Frau hatte das Glas sehr knapp gefüllt, aber es genügte, um ihn wieder im schwachen Abglanz seiner früheren Persönlichkeit erscheinen zu lassen, und es gelang ihm, sich auf die Witwe Gascoigne zu konzentrieren. Sie war eine Frau von vielleicht fünfundvierzig Jahren, eine hübsche Person, klein und adrett, doch ihre schwarzfunkelnden Augen und ihr energisches Kinn verrieten große Charakterstärke. Sie trug ein einfaches graues Kleid mit einem fleckenlosen weißen Schultertuch aus Musselin und eine große weiße Morgenhaube (keine der anwesenden Frauen hatte sich die Zeit genommen, einen Mantel umzulegen; sie schienen jedoch die Kälte nicht zu spüren). Das unter der Haube hervorschauende dunkle Haar war an den Schläfen von grauen Fäden durchzogen, was ihr gut stand. Das Baby lag in ihren Armen. „Ich werde mich um das Kind kümmern", wiederholte sie.

Plötzlich trat Stille ein, und dann hob ein drohendes Gemurmel an, und Pfarrer Frodsham begriff, daß jede Frau in diesem Zimmer gegen diesen Beschluß protestierte und das Baby von Rechts wegen als ihr Eigentum betrachtete. Er stellte sich mühsam auf die Füße, bezwungen von den glänzenden Augen, die die seinigen durchbohrten, erhob die Hand, wollte um Schweigen bitten und sagte, als sie ihn zum Sprechen nötigten: „Madame Gascoigne nimmt als Enkelin und Tochter der früheren Pastoren dieses Ortes das Baby in ihre Obhut. Es ist ihr Recht."

Ehe er die Hand zurückziehen konnte, wurde sie festgehalten. Er blickte hinab und sah ein winziges Fäustchen, das sich wie ein Eisenring um seinen Zeigefinger geschlossen hatte. Das Baby hatte die Augen geöffnet, und es erschien Pfarrer Frodsham, daß sie geradewegs in seine blickten, und die Umklammerung wurde stärker, gleichsam in gegenseitigem Einverständnis tiefer Bestürzung. War das das Leben? Ein Mann im Strudel all dieser Frauen? Männer mußten zusammenhalten, oder sie waren verloren.

„Es ist ein strammer Junge", sagte Pfarrer Frodsham mit rauher Stimme.

„Ich halte ihn für ein Mädchen", sagte die Witwe Gascoigne scharf.

„Ein Junge", erklärte Pfarrer Frodsham mit Überzeugung, und dann, gestärkt von der Sympathie, die von dem Kinderfäustchen ausging, erhob er die Stimme und sagte: „Meine Damen, nachdem diese Angelegenheit geregelt ist, wäre ich dankbar, wenn man mir mein Studierzimmer wieder überlassen würde. Ich muß meine Predigt schreiben. Ich wünsche einen guten Morgen."

2

Gideon, der sich in der Speisekammer herumgedrückt hatte, bis der Aufruhr überstanden war, schloß die Haustür hinter dem letzten raschelnden Unterrock. Es war nun Zeit zum Mittagessen. Pfarrer Frodsham nahm sich dazu viel Zeit, zu erschöpft war er und so nötig brauchte er eine Stärkung. Dann half er Gideon, ein paar Maulwürfe zu enthäuten, um sich in die richtige Geistesverfassung zu bringen, die Predigt aufs neue anzupacken. Als das vorüber war, verwandelte sich ein rotglühender Sonnenuntergang in eine leuchtend grüne Dämmerung. Doch Pfarrer Frodsham wandte sich nicht sofort seiner Predigt zu, weil ihn während der ganzen Zeit des Enthäutens der Maulwürfe eine brennende Frage immer mehr beschäftigte. Er hatte mehrmals versucht, sie zu verdrängen, aber sie war immer wieder aufgestiegen. Wo war die Mutter dieses Kindes? Tief in seinem Innern, überlagert von Alter, Leibesfülle und Überdruß, steckte noch immer ein wahrer Priester. Er hätte als letzten Ausweg sein Leben gegeben, um eine Seele zu retten. Die Mutter des Kindes mochte eine verhärtete und böse Frau sein oder auch ein schwaches und leichtsinniges junges Mädchen, aber in jedem Fall war sie eine Seele in Gefahr, und wo war sie?

Pfarrer Frodsham aß zwei Stücke Pflaumenkuchen, um sich zu stärken, und sagte: „Gideon, ich gehe aus." Dann nahm er den Mantel um, zündete seine Laterne an und spazierte schweren Schrittes langsam zur Kirche hinunter. Der Mond stieg empor, ein paar Sterne zeigten sich. Sogleich würden sie in der klaren frostigen Luft erglänzen, ganz so, wie es am Weihnachtsabend ihre Pflicht war. Er betrat die Kirche und setzte sich hin, die großen Hände auf den Knien gespreizt, die Laterne auf dem Steinfußboden nahe bei sich. Sanft beleuchtete ihr Licht die prächtig geschnitzten Lehnen des Gestühls, und durch die Fenster drang ein schwacher Schimmer des Mondlichts, doch sonst lag die große Kirche in tiefer Dunkelheit. Man konnte Pfarrer Frodsham kaum einen gebetsfreudigen Mann nennen, tatsächlich war „Gott sei mir gnädig" das einzige Gebet, das er sprach, außer an den Sonntagen, wenn er aus dem Gebetbuch brüllend vorlas. Wenn er jedoch in einem Dilemma steckte, kam er immer und setzte sich wie jetzt in die Kirche, die Hände auf den Knien ausgebreitet, und dann kam Klarheit in sein verwirrtes Gemüt. Wie hatte es nur, fragte er sich nach einer Weile, im Kopf dieser armen Frau ausgesehen? Konnte er sich an einen ähnlichen Fall erinnern? Er zermarterte sich das Gehirn, vermochte jedoch nur an Mose in seinem Binsenkörbchen zu denken. Was hatte die Frau damals getan? Sich versteckt und aufgepaßt, erinnerte er sich, denn sie sah, wie das Kind in Sicherheit gebracht wurde. In diesem Fall, dachte er, war die Frau hier nicht, denn sie wäre weggegangen, nachdem sie ihn das Kind hatte retten sehen. Aber war es so? Niemand schien sie beim Betreten der Kirche gesehen zu haben. Es mußte geschehen sein, als sie alle beim Frühstück saßen, und sie mußte sich versteckt haben, bis sie sah, wie die Witwe Gascoigne und ihre Magd die Joneys hereinbrachten, sie aufstellten und wieder fortgingen. Sie mußte von den Joneys gewußt haben, und in diesem Fall war sie nicht von weit her gekommen und mußte nicht weit reisen, um wieder nach Hause zu kommen. Sie konnte mit dem Aufbruch warten, bis die Leute im Dorf in den Häusern und die Vorhänge zugezogen waren. Womöglich versteckte sie sich noch immer in der Kirche.

Pfarrer Frodsham ergriff seine Laterne und begann mit einer sorgfältigen Durchsuchung, ohne zu merken, daß das Geräusch, das er beim Stolpern über die Betkissen verursachte, mehr als ausreichte, um jenen „blinden Passagier" von seinem Vorhaben zu unterrichten. Er schaute unter die Sitze und hinter den Altar. Er schaute in die Kanzel und hinter die Besen in der Ecke, aber da steckte niemand. Er wollte gerade weggehen, als er sich auf die kleine Sakristei besann. Die Tür war geschlossen, trotzdem stieß er sie auf und trat ein. Es war ein kleiner Raum, möbliert mit einem Schrank, einem Tisch und einem Stuhl. Der Stuhl war groß, denn er gehörte ihm und war vom Pfarrhaus hierher gebracht worden. Ein schlafendes Mädchen lag zusammengerollt darin. Sie hatte ihre Schuhe abgestreift und auf den Boden gestellt. Die Haube war ihr vom Kopf gefallen, und das dunkle Haar fiel ihr über die Schultern. Er stellte die Laterne auf den Tisch und beugte sich über sie, aber sie schlief so fest, daß sie sich nicht bewegte. Lange dunkle, beschattete Wimpern lagen auf ihren Wangen. Ihre Lippen waren halb offen, sie atmete gleichmäßig und ruhig. Die kleine Nase war von Sommersprossen übersät. Aber offenbar war sie schrecklich müde. Armes Kind, dachte Pfarrer Frodsham, armes Kind, und vergaß die ruchlose Mutter, nach der er suchte, gänzlich. Er legte ihr die Hand auf die Schulter, schüttelte sie sanft, und sie erwachte mit einem Schrei.

„Aber, aber!“ sagte Pfarrer Frodsham und klopfte ihr auf die Schulter. „Da gibt’s nichts zum Fürchten für kleine Mädchen.“

„Thomas!“ sagte sie, denn sie war erst halb erwacht.

„Wer ist das?“ fragte Pfarrer Frodsham.

„Mein Baby“, sagte sie, streckte die Füße unter ihrem Mantel heraus und fing an, nach ihren Schuhen zu suchen.

„*Dein* Baby?“ stieß Pfarrer Frodsham hervor. „Ein kleines Mädchen wie du kann kein Baby haben.“

„Ich bin sechzehn“, sagte sie gereizt. „Wo ist Thomas? Ich kann mich nicht erinnern, wo ich ihn hingetan habe.“

„In die Krippe“, erwiderte Pfarrer Frodsham trokken, „und ich finde, du bist ein ungezogenes kleines Mädchen.“

Sie war jetzt ganz erwacht und begann zu weinen. „Es war wegen Mose“, schluchzte sie.

„Ich dachte mir's“, sagte Pfarrer Frodsham, und dann bereute er, daß er so kühl gesprochen und sie zum Weinen gebracht hatte. „Aber, aber, Kind, zieh deine Schuhe an. Wie sollen wir denn überlegen, was wir jetzt machen sollen, wenn du keine Schuhe anhast?“

Stöhnend beugte er sich nieder und las ihre Schuhe auf. Sie hielt ihm die Füße hin, winzige Füße in Wollstrümpfen voller Löcher, und er zog ihr die Schuhe über. Wegen der Löcher waren die Füße eiskalt. Wie bei Thomas kam es ihm in den Sinn, daß er zuallererst dieses Kind aus der kalten Kirche bringen mußte, ehe es erfror.

„Komm mit mir, Mädchen“, sagte er, „wir werden dir etwas heiße Milch geben und deine Füße am Feuer aufwärmen, und dann sehen wir weiter.“

Ziemlich demütig folgte sie ihm, schlich erschöpft über die Dorfwiese, und ihre Schluchzer gingen in Schluckauf über. Inzwischen war es fast dunkel geworden, und niemand bemerkte sie. Keinen Augenblick dachte Pfarrer Frodsham daran, das Mädchen zu irgendeiner Frau in der Gemeinde zu bringen. Sein Instinkt sagte ihm jedoch, daß dies etwas war, das er am besten selbst erledigte. Außerdem hatten er und Gideon heute mehr als genug von Frauen gehabt. Das Mädchen war keine Frau. Sie war so klein, als sie da neben ihm herschlurfte – sie konnte keine sechzehn Jahre zählen.

In seinem Studierzimmer setzte er sie vors Feuer und schrie gellend nach Gideon, der, als er auftauchte, die Situation nach dem ersten Schock mit erstaunlicher Gelassenheit aufnahm. Während sie vor dem Feuer saß, eine Schale dampfender Milch mit Brot auf dem Schoß und von den Strümpfen befreit, die Zehen in der Wärme hin- und herbewegte, begann sie sich zusehends zu erholen. Die Farbe kam in ihr Gesicht zurück, ein Grübchen erschien auf der linken Wange. Pfarrer Frodsham stellte fest, als er sie beobachtete, daß sie ein hübsches Geschöpf sei, bei guter Gesundheit, sicher auch drahtig und kräftig. Sie hatte ein kleines braunes Gesicht mit einem festen Mund, und ihre ebenfalls kleinen Hände sahen aus, als ob sie zupacken könnten. Sie beendete die Mahlzeit von Brot und Milch bis zum letzten Tropfen, erhielt ein gekochtes Ei und einen Apfel und aß auch das auf, ebenso noch einmal nachgereichtes Brot mit Milch. Dann fragte sie, wer sich um Thomas kümmere, und Pfarrer Frodsham sagte es ihr. „Wird sie gut zu ihm sein?" fragte sie, und er bejahte es. „Immer?" fragte sie, und statt zu antworten, zog Pfarrer Frodsham ein großes Schnupftuch hervor und schneuzte sich hinein, denn er war nicht sicher. Die Witwe Gascoigne hatte kein Kind gehabt. Er entsann sich ihrer kurzangebundenen Art, der Schroffheit ihrer Magd und ihres blitzblanken Hauses. Er glaubte, daß die Witwe später an ein Waisenhaus denken würde, zumal Thomas nicht weiblichen Geschlechts war, wie sie vermutet hatte.

„Ich werde Euch etwas über Thomas erzählen, Herr", erklärte das Mädchen plötzlich. Sie stellte die leere Schüssel ab, faltete die Hände im Schoß, wandte den Kopf und sah den alten Mann an. Der Blick ihrer haselnußbraunen, glänzenden Augen war sehr direkt. Sie sei eine Apothekerstochter, erklärte sie, ihr Vater jedoch vor zwei Jahren gestorben. Ihre Mutter starb, als sie noch ein Baby war, und sie sei das einzige Kind gewesen. Sie mußte ihren Lebensunterhalt selbst verdienen und war Serviermädchen in einem großen Haus, zehn Meilen entfernt, geworden. Dann kam die übliche Geschichte mit dem Treubruch, die sie ehrlich und mit fester Stimme erzählte und die Pfarrer Frodsham zornerfüllt anhörte, voller Zorn deshalb, weil er in der Regel sehr viel mehr Sympathie für sein eigenes Geschlecht empfand als für das andere. Die Wirtschafterin jenes großen Hauses hatte ihr aus eigener Tasche etwas gegeben, um Thomas in einem Bauernhaus in der Nähe auf die Welt zu bringen, aber man wollte sie dort nicht behalten. Dann hatte sie sich an Mose erinnert und an die Joneys in Gaysbarton, von denen man ihr erzählte, und hier war sie nun mit Thomas.

„Was willst du nun tun, Mädchen?" fragte Pfarrer Frodsham.

„Ich weiß nicht, Herr", sagte sie, „ich dachte – vielleicht könnte ich's wie die Mutter von Mose machen und Kindermädchen von Thomas sein – ich dachte –, ich wußte nicht, was ich machen sollte, und legte mich deshalb in der Sakristei schlafen." Er sah, daß sie trotz ihres energischen Mundes und direkten Blicks immer noch ein Kind war. Ihr Vater war zu früh gestorben. „Thomas fehlt mir sehr", sagte sie matt.

„Dann zieh Schuhe und Strümpfe an, ich bringe dich zu Madame Gascoigne", erwiderte er.

Aber sie fing wieder zu weinen an. „Ich will hierbleiben", schluchzte sie. „Ich will hier bei Euch und Gideon bleiben. Ich könnte hier beim Feuer schlafen mit Thomas. Bitte, Herr, wollt Ihr Thomas holen? Ich könnte

Eure Wirtschafterin sein, Herr, und mit Euch und Gideon und Thomas immer zusammenleben." Pfarrer Frodshams Herz sank. Eine Frau im Haus! Jetzt war sie noch ein Kind, aber wie schnell würde sie eine Frau sein. Aber da war noch Thomas. Während des ganzen Tages hatte er den Griff von Thomas' Hand um seinen Finger gespürt. Das Mädchen sah zu ihm auf. „Ihr seht's, Herr", sagte sie, „ich mag keine Frauen."

Er schaute sie an. Er konnte sehen, daß sie viel unter ihnen gelitten hatte. Wie hatten sich jene Frauen in dem großen Haus ihrer Not gegenüber verhalten? Er griff nach seinem Mantel. „Wie heißt du, Kind?" fragte er.

„Penelope", antwortete sie.

„Bleib eben hier über Nacht", sagte er, „und ich werde Thomas holen gehen."

Es war Jahre her, seit er das hübsche kleine Haus der Witwe Gascoigne betreten hatte, nicht mehr seit dem gewaltigen Streit, den sie wegen seines Schweinestalls gehabt hatten, dessen Duft, wie sie erklärt hatte, bei Ostwind durch ihr Wohnzimmerfenster eindrang. Sie hatte konstatiert, daß Gideon den Stall niemals säuberte, was nicht stimmte. Jeden Ostermontag reinigte er ihn ganz gewiß und sogar noch öfter, falls notwendig.

Die sauertöpfische Magd war so verblüfft, ihn auf der Schwelle zu sehen, daß sie ihn sofort in die gute Stube bat, ehe sie gemerkt hatte, was sie tat. Madame Gascoigne saß vor dem Feuer, doch sie glich durchaus nicht ihrem üblicherweise gesetzten und fehlerlosen Selbst. Ihre Haube saß schief, und ihr Gesicht war gerötet. Sie sah sehr müde aus. In ihrem Schoß lag der schreiende Thomas.

„Madam, er wird sich was antun!“ sagte Pfarrer Frodsham bestürzt. „Was ist los mit ihm?“

Madame Gascoigne schaute ihn an und war den Tränen nahe. „Seht“, stammelte sie, „dies ist ein kleines Dorf, und gerade jetzt ist niemand –“ Als Junggesellen gelang es ihm nicht, ihrem Gedankengang zu folgen. Er tappte völlig im dunkeln, und sie mußte damit heraus: „Wir brauchen eine Amme“, erklärte sie.

„Ach!“ sagte der nun aufgeklärte Pfarrer, „aber ich meinte, in derlei Fällen nimmt man Kuhmilch?“

„Ja“, antwortete sie, „verdünnt mit warmem Wasser und etwas Zucker dazu. Aber er mochte es nicht. Er ist ein sehr eigensinniges und unartiges Baby. Und er ist ein Junge. Ich war so sicher, daß es ein Mädchen sei.“

„Könnt Ihr keine Knaben leiden?“ fragte Pfarrer Frodsham.

In ihren Augen glimmte das alte Feuer. „Schließlich habe ich unter zwei schlechten Gatten gelitten, und ich kann Euer Geschlecht nicht ausstehen“, sagte sie mit tonloser, bitterer Stimme.

In gewisser Weise hatte Pfarrer Frodsham sie nie zuvor so sehr gemocht. Er streckte die Arme aus. „Dann gebt mir den Jungen, Madam“, sagte er, „seine Mutter ist im Pfarrhaus.“

Sie überreichte ihm den brüllenden Thomas und brach in Tränen der Erleichterung aus.

3

Als Pfarrer Frodsham am nächsten Morgen erschöpft von der Frühmette des ersten Weihnachtstages zurückkehrte, konnte er an nichts anderes als an Essen denken. Gideon hatte in weiser Voraussicht ein gewaltiges Frühstück in der Küche für ihn vorbereitet. Als sein schlimmster Hunger durch vier Scheiben selbstgepökelten Schinken und zwei Eier ein bißchen gestillt worden war, blickte er zu Gideon auf und fragte: „Wo ist das kleine Mädchen?"

„Oben", erwiderte Gideon, der vor dem Feuer saß und Kartoffeln schälte. „Fegt das Gästezimmer aus. Würde ein nettes kleines Zimmer für sie und Thomas werden, hat sie gesagt." Er starrte seinen Herrn an. „Sie bleibt, sagt sie. Als unsere Mamsell, sagt sie."

Pfarrer Frodsham ließ seine große Faust mit einem gewaltigen Schlag auf die Tischplatte herabsausen. „So? hat sie das? Das hab' ich nicht gesagt. Gestern abend hat sie mich gefragt, und nichts hab' ich geantwortet. Was sollen wir mit einer Frau im Haus? Kannst du mir das erklären, Gideon?"

„Wie Ihr sagt", antwortete Gideon, „aber da ist der Junge. Ich könnt' ihn Maulwürfe fangen lehren."

Pfarrer Frodsham stopfte sich Schinken in den Mund. Er stellte fest, daß er und Gideon einer Meinung waren. Sie konnten das hübsche Kind nicht hinauswerfen. Das brachten sie nicht übers Herz. Und da war Thomas. Er kaute und schluckte. „Wo ist Thomas?" fragte er.

„Im Studierzimmer", antwortete Gideon, „brav wie ein Engel ist er."

Das Wort „Studierzimmer" erinnerte Pfarrer Frodsham an etwas. Seine Augen weiteten sich bestürzt, und seine zweizinkige, mit Schinken vollgepackte Gabel senkte sich langsam auf seinen Teller nieder. „Meine Predigt", sagte er „ich habe meine Predigt nicht geschrieben."

„Keine Zeit jetzt", erklärte Gideon gemütlich. „Aber wenn Ihr nicht 'n ganzen letzten Abend damit vertan hättet, das kleine Mädchen mit Thomas anzugucken, hättet Ihr's leicht geschrieben. Macht nichts. Predigt was aus dem alten Buch."

Pfarrer Frodsham beschloß, diesem Rat zu folgen. Entspannt und gemächlich beendete er sein Frühstück, entzündete seine Tonpfeife und streckte die Füße dem Feuer entgegen. Oben lief Penelope hin und her und räumte ihr Zimmer ein. Ihre leichten und schnellen Tritte verrieten Freude und große Geschäftigkeit. Es war ein angenehmes Geräusch. Die Kirchenglocken läuteten zum Morgengottesdienst, als er in sein Studierzimmer ging, um das Predigtbuch zu holen. Das erste, was er erblickte, war Thomas, der in einer Holzkiste am Feuer schlief. Er beugte sich über ihn. Zum erstenmal hatte er das Gefühl, daß sich Thomas wohl befand. Sein Gesicht war nicht mehr so puterrot und zerknittert wie zuvor. Eine kleine Faust lag auf der Backe. Sein rechtes Ohr sah wie eine Muschel aus. Ein reizender kleiner Junge. Volle fünf Minuten gingen vorüber, ehe Pfarrer Frodsham sich abwandte und nach seinem Predigtbuch Ausschau hielt, das, wie er wußte, das vierte im Stapel am Fenster war. Dann bemerkte er das Entsetzliche: sein Zimmer war aufgeräumt worden.

Penelope mußte beim Morgengrauen aufgestanden sein und es getan haben, als er in der Kirche war. Alle Bücher standen wieder in den Schränken. Nirgends waren schmutzige Tassen und Untertassen zu erblicken noch Spinnweben oder nur ein Stäubchen. Einen Augenblick lang stand Pfarrer Frodsham wie ein erstarrtes Bild des Jammers da. Dann gewann er wieder Gewalt über sich. Er würde sich daran gewöhnen müssen. Man konnte sich an alles gewöhnen. Wenn ihm Gott beistände, würde er sich daran gewöhnen, sauber und ordentlich zu werden. Die Glocken läuteten immer drängender, und er wandte sich seinen Bücherbrettern zu, um das Predigtbuch zu finden. Alle seine Bücher sahen sich ziemlich ähnlich: alt, braun, zerrissen, mit kaum mehr leserlichen Titeln. Er jagte herum, öffnete dieses und jenes Buch, konnte sein Predigtbuch jedoch nicht finden. Nun läutete nur noch eine Glocke, und voller Verzweiflung im Herzen warf Pfarrer Frodsham den Mantel über, rückte die Perücke zurecht und wanderte zur Kirche hinunter. Obwohl er ihren Gruß mechanisch erwiderte, nahm er seine Pfarrkinder kaum wahr, die vergnügt bei Frost und Sonnenschein im Sonntagsstaat demselben Ziel zuströmten. Nie zuvor in seinem Leben hatte er aus dem Stegreif gepredigt, und seine Gemeinde erwartete ein Rede von fünfundvierzig Minuten Dauer. Er versuchte, sich an einen Text zu erinnern, den er kannte, irgend etwas über „Bittet, so wird euch gegeben“, aber es kam ihm nicht genau in den Sinn. „Gott sei mir gnädig“, betete er in der Vorhalle.

In der Kirche ging es ihm besser. Er fühlte sich innerhalb seiner Kirche immer wohler. Er konnte sogar sehen, daß die Witwe Gascoigne noch nicht da war, da die Kerzen auf dem Altar hinter den Joneys nicht angezündet worden waren. Dann bemerkte er sie doch. Sie saß in ihrem Kirchenstuhl, wandte ihm den Kopf zu und lächelte ihn an. Er konnte es kaum glauben. Um ihm zu gefallen, hatte sie die Kerzen nicht angezündet. Er verneigte sich vor ihr, schritt zu der kleinen Kapelle hinauf, nahm seine Zunderbüchse aus der Tasche und zündete die Kerzen an. Dann verbeugte er sich erneut vor ihr und ging in die Sakristei. Die Joneys sahen strahlend und vergnügt aus in dem sich mischenden Licht der Sonne und der Kerzen, beinahe, als ob sie wußten, daß sie von nun an nie mehr verbannt werden würden.

Der Gottesdienst an diesem Morgen schien sogar frohgestimmter zu sein als sonst in Gaysbarton am Weihnachtstage. Die Musikanten auf der Galerie kratzten auf ihren Fiedeln herum und bliesen die Flöten mit gewaltiger Fröhlichkeit, jedermann sang kräftig mit, und Leute, die sich seit einer Ewigkeit nicht mehr grüßten, konnte man dabei ertappen, daß sie einander schüchtern zulächelten, so wie es der Pfarrer und Madame Gascoigne getan hatten. Doch alles erschien Pfarrer Frodsham wie ein verworrener Alptraum. „So wird euch gegeben“, sagte er sich ständig vor, aber als er die Kanzel bestiegen hatte, konnte er sich nicht einmal an den Text erinnern, über den er predigen wollte. Er entsann sich jedoch eines anderen und las ihn laut und klar vor. „Ein Kind ist uns geboren, ein Sohn ist uns geschenkt.“ Seine Gemeinde beobachtete ihn voll vergnügter Erwartung, denn sie bemerkte, daß er keinen Predigttext bei sich hatte. Er mußte ihn vergessen haben. Ob er nach Hause ginge und ihn holte? Würde er Amos, den Küster, danach aussenden? Oder versuchen, sich daran zu erinnern? Pscht, jetzt fing er an.

Pfarrer Frodsham predigte nicht im althergebrachten Sinne. Es fiel ihm ein, ihnen einfach zu erzählen, wie er Penelope und Thomas gefunden hatte. Natürlich wußten sie sehr viel mehr darüber als er, denn die Geschichte hatte sich im ganzen Dorf herumgesprochen, war lange vor Mitternacht reichlich ausgeschmückt worden, doch sie hörten mit freundlicher Aufmerksamkeit zu. Dann erklärte er ihnen, daß dieses Kind ein Weihnachtsgeschenk für sie alle in Gaysbarton sei. Sie sollten gut auf es aufpassen und auf seine junge Mutter, die selbst noch ein Kind war. Sie mußten beide dazu anhalten, dem allmächtigen Gott gehorsam zu dienen. Und dann begann er plötzlich von sich selbst zu sprechen. Er sei ein Sünder, sagte er, ein streitsüchtiger alter Sünder, und nur seinetwegen gäbe es soviel Streit in Gaysbarton. Er hatte ihnen ein schlechtes Beispiel gegeben. Und er bat sie, ihm zu vergeben. Sie durften jetzt nicht mehr miteinander streiten, nicht mit diesem Kind hier unter sich, das in Gottes Frieden aufgezogen werden sollte. Er sprach ein wenig stotternd und scheu über Gottes Frieden, aber es gelang ihm, mit einem, wie er meinte, guten Satz zu schließen: „Laßt uns das Kind von Bethlehem anbeten", sagte er, „und in unseren Herzen seinen Frieden empfangen."

Es war die kürzeste Predigt, die Pfarrer Frodsham je in Gaysbarton gehalten hatte, von zehn statt fünfundvierzig Minuten Dauer, aber es mußte eine seiner besten gewesen sein, denn niemand schlief dabei ein, und einige seiner Pfarrkinder waren sogar zu Tränen gerührt. Pfarrer Frodsham war selbst sehr bewegt und spürte ein Bedürfnis nach seinem Taschentuch. Er versenkte die Hand tief in der Tasche seiner Soutane und förderte einen toten Maulwurf zutage.

An den Wassern Babylons

1

Die ägyptische Sklavin Iras war ein eigenartiges Mädchen, und, obgleich erst fünfzehn Jahre alt und seit kaum drei Jahren ihrer Heimat fern, trug sie doch schon die Spuren der Verbannung an Körper, Seele und Geist. Verschlossen war ihr Geist, ihre Erinnerungen umfalteten ihn, wie die Blätter einer noch nicht aufgeblühten Knospe sich um ihr Herz falten, verbittert war ihre Seele von ungestillter Sehnsucht, ihr kleiner Körper mager und erschöpft von Gram.

Nie verblichen ihre Erinnerungen, denn ihre Träume hielten sie frisch. Wenn sie schlief, sah sie die alte, graue Stadt wieder, darin sie geboren war, diese Stadt, aus einem felsigen Hügel in der Wüste gewachsen, mit den kühlen Palmen, den Orangenhainen und den Kleefeldern, die sie umschlossen, bewässert von den Brunnen, die diese Oase zu einem irdischen Paradies in der Ebene ringsum gemacht hatten. Und sie hörte die Lieder, die man ihr abends vorgesungen hatte, spürte die Arme ihrer Mutter um sich und beobachtete zwischen den Orangenblüten hindurch, die in Töpfen an dem hohen Fenster ihres Heims wuchsen, wie die Karawane ihres Vaters zurückkehrte, sich über den goldenen Sand zu ihr hinschlängelte... Dachte sie aber tagsüber an die Karawane, so weinte sie; denn nie würde diese Karawane mehr heimkehren. Ihr Vater war in diesem Lande ihrer Knechtschaft getötet worden, und sie, die mit ihm zog, war dabeigewesen, als er starb.

Es war ein Tag, da die Sonnenstrahlen vom brennenden Himmel wie ein Schauer herabfielen, als sie und ihr Vater sich auf den Weg nach dem Lande der Juden aufgemacht hatten. Sie war stolz vor ihrem Vater auf dem vorwärtsstapfenden Kamel gesessen, und rund um sie ritten Dienstleute mit Schwertern und Dolchen; denn die Lasttiere waren mit wertvollen Waren beladen, mit Gewürzen, verzierten Gürteln, reichen Seidenstickereien, Halsketten aus blumenfarbenen runden Glasperlen. Viele dieser lieblichen Dinge hatte Iras' Mutter selbst angefertigt, und Iras hatte geschickt die Perlen auf Schnüre aufgereiht. Das hatte ihr viel Vergnügen bereitet; und dann hatte sie ihren Vater gebeten, sie mitzunehmen, wenn er eines Tages in das Land der Juden zog, um die Ketten den Frauen der römischen Eroberer zu verkaufen, die dort in neuen weißen Villen in den alten Olivenhainen jenes unruhigen kleinen Landes wohnten... Es wäre ein Wahnsinn, das Kind mitzunehmen, hatte Iras' Mutter gesagt, die Reise sei viel zu gefährlich... Aber Iras hatte so inständig gebettelt und gefleht, daß ihr Vater schließlich nachgegeben hatte und sie mit ihm gezogen war.

Es war eine wunderbare Reise durch die Wüste gewesen, wunderbare, sonnendurchtränkte Tage, da man zwischen dem brennenden Blau und dem brennenden Gold einherschwankte, wunderbare Nächte, wenn ihr

Vater nach den Sternen feststellte, daß sie auf dem richtigen Weg waren, und sich dann unter diesen Sternen zum Schlaf niederlegte; sie lag neben ihm, sein Mantel deckte sie beide, seine Hand war in Reichweite ihrer tastenden Finger, für den Fall, daß sie sich im Dunkeln fürchten sollte. Aber sie hatte sich nie gefürchtet. Seine bloße Gegenwart war in ihren Augen eine Sicherung gegen alles Unglück. Er und sie hatten miteinander über die Befürchtungen der Mutter gelacht, als die Reise in aller Feierlichkeit ihrem Ende zu ging und sie nun über die schöne neue Römerstraße zogen, nicht weiter als eine Stunde von ihrem ersten Rastplatz entfernt, der kleinen jüdischen Stadt Bethlehem.

Und just da, als sie sich so sicher gefühlt hatten, war das Unheil über sie hereingebrochen. Ihres Vaters Kamel hatte angefangen zu lahmen. Es war ein wertvolles Tier, und ihr Vater wollte es nicht antreiben. Die Karawane, die bisher ihre Wanderung so rasch zurückgelegt hatte, war nun gezwungen, sich dem Schritt des lahmenden Kamels anzupassen.

„Es wird dunkel werden, bevor wir Bethlehem erreichen", hatte einer von ihres Vaters Dienern warnend gesagt.

„Das tut nichts", hatte ihr Vater lachend erwidert. „Wir sind auf einer Hauptstraße, und im Sommer glänzen die Sterne hell."

Um keine Angst in Iras aufkommen zu lassen, hatte er einen Arm um sie gelegt und ihr leise eines der Lieder ihres Landes vorgesungen, das Lied, das der Pharao Echnaton zum Preise des einzigen Gottes niedergeschrieben hatte. Doch Iras empfand ein unerklärliches

Grauen, als die Schleier der Dämmerung sich über sie senkten und ein kalter Wind von den kahlen, hohen Hügeln herabwehte. Als sie einen Olivenhain erreichten, dessen Zweige sich über die Straße wölbten, und es dunkel wurde, da hatte ihre Furcht sich zu wildem Schrecken gesteigert... Aber ihr Vater hatte nicht aufgehört, ihr vorzusingen, und sein Singen war die letzte klare Erinnerung, die sie an ihn hatte.

Die Räuber waren jäh wie ein heftiger Sturm über sie hergebraust. Eben noch waren keine anderen Geräusche vernehmbar gewesen als das Stapfen der Kamelfüße auf der Straße, das Seufzen des Windes in den Olivenhainen, das Singen ihres Vaters, und im nächsten Augenblick war die Luft von Geschrei und Flüchen erfüllt, vom Brüllen der Kamele und dem Klirren der Waffen. Ein wüster Kerl hatte ihren Vater angesprungen, ein blinkendes Messer in der Hand, und sie war von dem stürzenden Kamel in die Blumen neben der Straße geschleudert worden. Da lag sie denn, betäubt und entsetzt, und sie hatte den Eindruck, als tobte der Kampf rund um sie stundenlang, bis es wieder still wurde und sie nur den Wind in den Zweigen seufzen hörte.

Und dann hatte eine Hand sich auf ihre Schulter gelegt, hatte sie geschüttelt, und sie hatte sich aufgesetzt, einen Arm gehoben, um ihr Gesicht vor Schlägen zu schützen. Im Licht einer Fackel beugte sich ein Mann über sie, ein Mann mit dunklem, kühnem Gesicht, der über einer scharlachfarbenen Tunika eine schimmernde Rüstung trug, über die Schulter fiel ihm ein scharlachroter Mantel, auf dem Kopf hatte er einen Helm. Das Licht hatte sich in den Rüstungen anderer Männer gespiegelt, die wie er, aber weniger reich, gekleidet waren, und auf das, was wie Bündel zerrissener Kleidungsstücke aussah, die unordentlich auf die Straße geworfen worden waren. Doch das konnte sie nicht deutlicher betrachten, denn der Mann war rasch zwischen diese Bündel und das kleine Mädchen getreten. Sie hatte den Arm gesenkt, den sie zum Schutz erhoben hatte; denn vermochte sie auch kein Wort von dem, was der Mann sagte, zu verstehen, so erkannte sie doch, daß seine Augen gütig blickten.

2

Und so war es gekommen, daß Iras die Sklavin Claudias wurde, der Gattin des Zenturionen Lucius, dessen schöne, weiße römische Villa in den Olivenhainen außerhalb der Mauern von Bethlehem stand. Er und seine Leute waren zu spät gekommen, um den Kaufleuten das Leben zu retten, aber Iras hatten sie gerettet. Sie war nicht sehr dankbar dafür. Selbst als sie so weit war, daß sie die Sprachen des Landes verstand, sowohl die Sprache der Römer wie die Sprache der Juden, und sich an das Leben einer Sklavin in einer schönen Villa gewöhnt hatte, war sie noch immer nicht dankbar. Sie war ihrer Heimat entrissen. Das einzige Lied der Juden, das sie ihrer Herrin vorzusingen bereit war, begann mit den Worten: „An den Wassern Babylons saßen wir und weinten, wenn wir dein gedachten, o Zion!“ Sonst aber sang sie die Lieder ihres eigenen Landes, das Lied von dem reifen Weizen, der sich im Niltal in Ägypten im

Winde wiegt, das Lied von den Wasserrosen, die auf den großen Teichen vor dem Palast des Pharao schwimmen, und das Lied, das ihr Vater sang, bevor er starb. Claudia liebte es, wenn Iras ihr vorsang, denn das Mädchen hatte eine süße kleine Stimme, dem Zirpen eines Vogels ähnlich. Auf ihre lässige Art hatte Claudia die Kleine gern. Sie nahm sie immer mit, wenn sie sich in ihrer Sänfte nach Bethlehem tragen ließ, wo sie sich damit vergnügte, bei den Ständen, welche die engen gepflasterten Gäßchen der kleinen Stadt säumten, Blumen, Obst oder Gemüse zu kaufen ... Und bei einem dieser Ausflüge war es gewesen, daß Iras das Kind entdeckte, und ihr ganzes Leben war verwandelt.

Es war ein heller, klarer Tag gegen Ende des Winters, und man fühlte bereits den Frühling nahen, als Claudia in ihrer Sänfte, von einem Bewaffneten und einigen wenigen Lieblingssklavinnen begleitet, durch die Olivenhaine und über die Straße nach Bethlehem getragen wurde.

Aus der Entfernung, auf einem kleinen Hügel zwischen schlanken Zypressen gebaut, sah Bethlehem wie eine Stadt aus einer andern Welt aus, verzaubert, unirdisch; kam man aber näher, ging durch die dunkle Türe in der Stadtmauer hindurch, dann war man in einem wimmelnden, stinkenden, lärmenden Nest, wo die Menschen sich in den Gäßchen drängten, wo holzvergitterte Fenster aus den alten Steinwänden der Häuser lugten, die beinahe über den Köpfen der Vorübergehenden aneinanderstießen, während unten hell leuchtende Waren vor den dunklen Höhlungen der Läden zur Schau gestellt wurden. Aber Iras fand Gefallen daran.

Eine Hügelstadt im Osten gleicht ungefähr jeder andern, ein naturgegebenes Herauswachsen aus Felsen und Höhlen, die Füchsen und Kaninchen als Schlupfwinkel gedient hatten, und das Bild erleidet im Lauf der Jahrhunderte keine Veränderung. Bethlehem war nicht sehr verschieden von der Hügelstadt, die Iras' Heimat gewesen war. Wenn sie hier war, hatte sie den Eindruck, ihrer Heimat fast ebenso nahe zu sein wie in ihren Träumen.

An jenem besondern Tag war Claudia in bester Laune und ließ sich in ein heiteres Geschacher mit einer sehr alten Frau ein, die verlockende Kuchen verkaufte; die Kuchen lagen, in grüne Blätter gebettet, auf einem kleinen, scharlachroten und blauen Teppich vor dem Eingang zu einer Höhle, die auch ein kleiner Laden war.

„Hast du sie selber gebacken, Alte?" fragte Claudia und kostete einen der Kuchen. Sie war erstaunt, denn die Kuchen schmeckten köstlich und waren ungemein zierlich angerichtet, während der Laden dahinter eine armselige Höhle war und die alte Frau lahm und schwach.

„O große Dame, meine Mieterin hat sie gebacken", sagte die alte Frau und wies aufwärts, wo rauhe Steinstufen zu einem Häuschen führten, das über die Höhle gebaut worden war. „Sie ist seit der Zeit der Steuerschätzung bei mir. Es ist hart, große Dame, daß arme Leute so weit reisen müssen, um eingeschätzt zu werden. Den weiten Weg von Nazareth hat Maria mit ihrem Mann wandern müssen, und sie, die arme Seele, kurz vor ihrer schweren Stunde. Das Kind ist im Stall eines Wirtshauses geboren worden, denn im Haus war kein Platz gewesen. Viel ist sie umhergeschoben worden, bevor ihr Mann diese Unterkunft hier bei mir fand. Ja, das sage ich, große Dame, es ist hart, daß arme Leute so weit wandern müssen ..."

„Schon gut, schon gut", unterbrach Claudia sie scharf. Als Frau eines römischen Zenturionen konnte sie nicht stehenbleiben und abfällige, wenn auch sehr berechtigte Kritiken an der Regierung dulden, und die Alte gehörte zu jener geschwätzigen Menschenart, die sehr wohl stundenlang weiterreden konnte.

„Spring die Stufen hinauf, Iras", sagte sie, „und frag diese Maria, ob sie mir einmal in der Woche etliche von diesen Kuchen backen kann."

Und Iras sprang die Stufen hinauf, klopfte oben an die Türe, hob den Riegel und trat ein.

3

Der kleine, gewölbte Raum mit den steinernen Wänden war vom Sonnenschein erfüllt, der durch das Holzgitter des Fensters drang. Es war ein nettes, ordentliches Zimmer, der Fußboden gereinigt, und die Matten, die als Betten dienten, lagen säuberlich zusammengerollt in einer Ecke. Am Fenster saß Maria und nähte an einem Kleidchen, und in einer Wiege neben ihr lag ihr Kind und spielte mit seinen Zehen. Es war das glücklichste, schönste Kind, das Iras je gesehen hatte, und mit einem Schrei des Entzückens kniete sie neben der Wiege und hielt ihm einen Finger hin. Es griff danach, hielt den Finger fest, wie kleine Kinder das tun, und lachte sie an. Seine reizende junge Mutter lachte auch und fädelte einen scharlachroten Faden in ihre Nadel. Es schien sie weiter gar nicht zu überraschen, daß Iras bei ihr eingetreten war; offenbar war sie es gewöhnt, daß völlig fremde Menschen zu allen Tagesstunden kamen, um das Kind zu bewundern; aber sie warf Iras einen Blick voll raschen, mütterlichen Verständnisses zu, und dieser Blick bemächtigte sich des Mädchens ebenso, wie der Griff des Kindes sich Iras' Fingers bemächtigt hatte. Plötzlich hatte Iras die Empfindung, sie gehöre zu diesen beiden; wo sie waren, da wollte auch sie selber sein. Drei Jahre lang war sie eine Verbannte gewesen, jetzt aber, mochte ihr Körper auch in fremdem Land weilen, war ihre Seele doch heimgekehrt.

Sie dachte nicht mehr an Claudias Kuchen, und fast ohne sich dessen bewußt zu werden, hatte sie Maria schon von ihrer fernen Heimat erzählt; und auch Maria erzählte von ihrer Heimat, und so wurden sie Freundinnen. Und dann saß sie auf dem Boden, wo die Sonnenstrahlen ihn wärmten, das Kind in den Armen, und fühlte sich durch und durch erwärmt und getröstet, an Leib, Seele und Geist.

Doch allzu bald kam eine andere Sklavin die Stufen heraufgesprungen und pochte an die Türe. Die Herrin sei schon auf dem Heimweg; sie habe sich sehr darüber geärgert, daß Iras so lange verweilte. Jetzt solle Iras die Kuchen bestellen und ihr augenblicklich folgen. Und Iras sprang auf, Furcht in den Augen, denn die Sklaven wurden manchmal gezüchtigt, wenn sie Claudias Mißfallen erregt hatten; sie richtete ihren Auftrag aus und verzog sich.

4

Doch sie kam wieder. Sie kam einmal in der Woche, um die kleinen Kuchen zu holen, die Maria für Claudia buk; und obgleich Iras nicht zu lange bei Maria und dem Kinde zu bleiben wagte, waren es doch diese Tage, an denen sie wirklich lebte. Die Spanne zwischen ihnen war eine Art Wachtraum, der die großen Tage miteinander verband, wie eine Halskette die Edelsteine miteinander verbindet.

An einem jener wie im Traum vergehenden Tage saß sie abends bei Claudia in dem üppigen, warmen, durchdufteten Raum und sang ihr vor, während ihre Herrin auf den herrlichen Seidenkissen lag. Es war ein stiller, friedlicher Abend, draußen sammelte sich die Dämmerung, die Flamme von Claudias kleiner Lampe leuchtete in ihrer Silberschale wie eine Blume, und Iras sang das Lied des Pharao zum Preis des einzigen Gottes, und während sie sang, dachte sie an das Kind. Ob es jetzt wohl schon schlief? Hatte Joseph, der Zimmermann, sein Tagewerk beendet, so saß er mit Maria an dem vergitterten Fenster und betrachtete die untergehende Sonne, bevor sie die Matten entrollten und sich zur Ruhe legten. Und Claudia dachte an Rom, die herrliche Stadt ihrer Geburt, die Stadt, die sie aus Liebe zu ihrem Gatten verlassen hatte; und dann weinte sie etliche Tränen des Heimwehs in ihre Kissen. Aber sie war nicht eigentlich unglücklich und Iras auch nicht. Die Dämmerung war weich und schön, und die Flamme der kleinen Lampe schimmerte wie eine Blume.

Just in diese friedliche Frauenstunde platzte brüsk

der Zenturion Lucius lärmend, wütend herein, der Schlamm haftete an seinen Stiefeln und der Geruch des Stalls an seinem Mantel. Er warf das Schwert in eine Ecke des Zimmers, den Helm in eine andere und den aufreizenden Mantel auf Claudias Füße. Sich selber aber warf er in einen Stuhl und fluchte, wie er in Gegenwart seiner Frau nicht hätte fluchen dürfen. Claudia nahm den Mantel zwischen Daumen und Zeigefinger, schob ihn zur Seite und sagte ihrem Gatten, was sie von ihm dachte. Lucius, in seiner Wut über irgendeine Untat, die sich ereignet hatte, und Claudia, in ihrem Ärger über sein bäurisches Betragen, hatten Iras völlig vergessen. Sie saß in einem dunklen Winkel und lauschte angestrengt, während ihre Haut prickelte und das Blut ihr kalt durch die Adern rann.

„... jedes Kind unter zwei Jahren in Bethlehem und dem Land ringsum ermorden lassen!" knurrte Lucius zornig. „Das ist der Befehl dieses abscheulichen Herodes, des Vierfürsten von Galiläa! Und warum? Weil er ein Altweibergewäsch gehört hat! Ein König sei in Bethlehem geboren worden, größer als er selber! Nichts als ein Ammenmärchen, das irgendwelche Wahnsinnige aus der Wüste ihm erzählt hatten. Der Mann ist ja selber toll!"

Claudia fuhr auf und setzte die Füße auf den Boden. Sie sah plötzlich krank und elend aus. „Wann?" fragte sie.

„Heute nacht", erwiderte Lucius grimmig. „Er schickt seine eigenen Mörder aus. Dafür danke ich den Göttern. Meine Mitwirkung verlangt er nicht."

„Aber du wirst das doch nicht zulassen?" flüsterte sie.

Lucius zuckte die Achseln. „Herodes ist der Beherrscher dieser Provinz, und ich bin ihm unterstellt", sagte er. „Und meine Befehle erlauben mir keine Einmischung."

Iras legte die Hand auf den Mund, um einen Schrei zu unterdrücken. Der Zenturion Lucius war kein böser Mensch; er liebte seine Frau, und zu den Sklaven war er gütiger als Claudia. Nie würde Iras vergessen, wie freundlich er sie in jener Nacht aufgenommen hatte, da ihr Vater ermordet worden war. Und doch würde er jetzt beiseite stehen und diesen Frevel geschehen lassen, nur weil der Befehl so lautete! Wie konnte er nur?! Sie sah ihn an, den verbissenen Ausdruck um den Mund, die brütenden Augen, die schwere Gestalt, die beinahe verzweifelt in dem Stuhl lag; und da begriff sie etwas von der Entsetzlichkeit der Militärmaschine, deren er ein Teil war. Fast die ganze Welt hatte die Maschine jetzt erobert, und das nur durch jene eiserne Disziplin, die gutmütige Männer wie Lucius dazu vermochte, lieber Taten von ungeheuerlichen Scheußlichkeiten zu dulden, als einem Vorgesetzten den Gehorsam zu verweigern ... Und Herodes war doch nicht einmal ein Römer! Er war ein Eingeborener dieses kleinen Landes und hatte beschlossen, sein Schicksal an das Schicksal der Eroberer zu knüpfen, nur um seinen Pomp, seinen Prunk bewahren zu können. Er war ein verächtliches Geschöpf und würde offenbar vor nichts zurückschrekken, um seinen königlichen Rang zu behaupten; nicht einmal vor einem Mord ... Mit einemmal hörte Iras auf, an Herodes zu denken, denn nun kamen ihr Maria und das Kind in den Sinn. Blitzschnell erhob sie sich und schlich durch die Schatten zur Türe. Das Letzte, was sie sah, war Claudia, zu den Füßen ihres Mannes, seine Knie umfassend, weinend, flehend. Doch nun war keine Zeit mehr, auf einen möglichen, aber sehr unwahrscheinlichen Umschwung zu warten... keine Zeit... keine Zeit...

Ganz dunkel war es, als sie aus dem Haus lief, und die großen Sterne blinkten schon am Himmel. Sie lief durch den Olivenhain auf die Straße, allein in der Nacht; aber sie vergaß jede Angst, denn ihre Gedanken waren nur bei Maria und dem Kind, und beim Laufen dachte sie darüber nach, was nun zu tun wäre. Am besten wäre es, meinte sie, Joseph und Maria nichts davon zu sagen, daß auch andere Kinder bedroht waren; denn bei dem Versuch, die andern zu warnen, konnten sie ihre eigene Flucht verzögern, bis es zu spät war. In ihrem Herzen empfand sie, daß kein furchtbareres Verhängnis die Welt befallen konnte, als wenn dieses Kind nicht zum Mann heranwuchs. Hatte sie erst einmal Maria und Joseph gewarnt, so würde sie ihr möglichstes tun, um auch die andern Kinder zu retten... Und vielleicht hatte Claudias Flehen Erfolg. Vielleicht stellte Lucius sich diesen bösen Männern in den Weg. Noch war Hoffnung.

Sie erreichte das Tor von Bethlehem, und zu ihrer großen Erleichterung war es noch nicht geschlossen. Sie lief durch die steilen, sternenhellen Gassen, bis sie bei dem Laden ankam, und als sie aufschaute, sah sie Joseph auf der obersten Stufe sitzen, den Mantel um sich geschlungen, den Kopf auf der Brust.

„Joseph!" rief sie und sprang die Stufen hinauf.

Er hob den Kopf und sah sie an. Seine gütigen dunklen Augen blickten verstört und sorgenvoll aus dem runzligen Gesicht mit dem grauen Bart. Das war weiter nicht auffallend, denn Joseph war zu allen Zeiten verstört und sorgenvoll; die außerordentliche Anziehungskraft, die seine Frau und sein Kind ausübten, verwirrte ihn, und die Zahl vollkommen fremder Menschen, die beständig die Stufen seiner Wohnung hinaufstiegen, ohne um Erlaubnis zu fragen, den Riegel hoben, das Kind anbeteten und stundenlang vor Maria ihre Sorgen auspackten, als ob sie hier zu Hause wären und nicht er, reizte ihn. Auch machte es ihm Sorgen, daß alles so seltsam verlief. Da waren doch jene Hirten gewesen, die sich noch in der Nacht der Geburt des Kindes in den Stall gedrängt und vor der Krippe niedergeworfen hatten. Und dann jene merkwürdigen Männer aus dem Morgenland, die dem Kind so geheimnisvolle und kostbare Gaben gebracht hatten, daß es geradezu peinlich war! Warum das alles? Da gab es irgend etwas, das er nicht verstand. Maria war es zufrieden, alle diese Ereignisse in ihr Herz zu verschließen und geduldig auf die Zeit zu warten, da sich ihr der Sinn des Geschehenen offenbaren würde; ihm aber fehlte ihre überlegene Gelassenheit. Er hätte die Dinge lieber gleich verstanden. Auch ihn marterte das Gefühl, daß irgendeine Gefahr seinen geliebten kleinen Sohn, dieses Kind seiner späten Jahre, das Licht seiner Augen bedrohen könnte... So viele Fremde, die über die Schwelle traten, waren krank, widerwärtig, waren Diebe, Landstreicher, man dürfte sie nie in die Nähe eines gesunden kleinen Kindes lassen, sie wären sehr wohl imstande, ohne viel Federlesens eine ganze Familie zu ermorden ... Und der Gipfel von allem war jener Traum gewesen, den er eben geträumt hatte, als er dort drin mit Maria und dem Kinde schlief. Von Angstschweiß bedeckt, war er aufgewacht, und ohne Maria zu wecken, hatte er den Raum verlassen, hatte sich hier unter die Sterne gesetzt, um dem Sinn seines Traumes nachzugrübeln.

Beim Einschlafen war das Vorgefühl einer Gefahr stärker in ihm gewesen als gewöhnlich, und wahrscheinlich war dieses Vorgefühl ihm in den Traum gefolgt. Er hatte einen wirren, aber furchtbaren Traum gehabt, von Schwertern, die gegen den Nachthimmel blitzten, vom Kreischen von Frauen und Wimmern von Kindern. Als er aufwachte, war er in die frische Luft hinausgetaumelt und hatte sich auf die oberste Stufe gesetzt. Aber er war noch nicht völlig wach, als das Geräusch von Schritten und der Klang einer Stimme, die seinen Namen rief, ihn veranlaßten, den Kopf von der Brust zu heben.

„Joseph! Nimm Maria und das Kind mit dir und flieh! König Herodes will dein Kind morden! Schnell, Joseph, schnell!“ Sie war jetzt bei ihm und rüttelte ihn wild. „Wach auf, Joseph, wach auf! Was ich dir sage, ist wahr! Ich habe es von dem Zenturionen Lucius gehört. Herodes hat Angst vor deinem Kind. Er hat gehört, daß große Männer aus dem Morgenland gekommen sind, um es anzubeten!“

Vater Abraham! Das war ja die kleine ägyptische Sklavin! Jetzt war Joseph hellwach und im Nu aufgesprungen. Von den vielen, die in sein Heim eindrangen, war Iras eine der wenigen, deren Anwesenheit ihn nicht störte. Sie war ein tapferes, verständiges kleines Mädchen, und unter dem Einfluß seines Traumes zweifelte er keinen Augenblick, daß sie die Wahrheit sprach. Er kannte König Herodes, er wußte, daß der König so böse war, daß man ihn beinahe für verrückt halten mußte, er kannte die Machtgier des Königs, seinen Haß gegen jene, die seine Stellung bedrohten, diesen Haß, der alle Grenzen überstieg. Die Absichten, die Iras ihm zuschrieb, stimmten durchaus zu seinem arglistigen Wesen. Er stellte Iras keine weiteren Fragen mehr, jetzt plagte seinen trägen, müden Geist eine neue Sorge. „Wohin, Iras, wohin? Heim nach Nazareth? Wenn Maria kräftiger wäre, hätten wir uns ohnehin auf den Weg nach Nazareth gemacht."

„Nein, nein, verlaßt das Land!" rief Iras leidenschaftlich. „Geht über die Grenze, dorthin, wo Herodes keine Macht über euch hat!" Wie eine Vision sah sie in der Nacht ihre eigene Heimat, auf den Berg gebaut, den sie friedlich krönte, rundum die Orangenhaine, die Dattelpalmen, die Kleefelder, die Brunnen mit süßem Wasser und dahinter der leuchtende goldene Sand der Wüste. „Nach Ägypten", sagte sie. „Und ich werde euch führen!"

„Das ist ein weiter Weg", sagte Joseph, „und du warst ein Kind, als du ihn zum letztenmal gewandert bist."

„Ich werde euch führen", wiederholte sie. Und sie zweifelte nicht daran, daß ihr irgendwie, von irgendwoher die Kraft erwachsen würde. Wenn ihr während der drei Jahre, die vergangen waren, der Gedanke gekommen war, sie könnte doch versuchen, in ihre Heimat zu entfliehen, hatte sie ihn stets verworfen; es war unmöglich! Doch seither war sie älter geworden, und das Gefühl, daß etwas auf dem Spiel stand, gewaltiger, als sie begreifen konnte, weckte in ihr einen Wagemut, der ihrer Aufgabe gewachsen sein sollte. Mit einemmal wurde sie die Führerin dieser verzweifelten Wanderung.

„Maria kann nicht den ganzen Weg zu Fuß gehen", sagte sie. „Beeil dich, Joseph, schaff einen Esel zur Stelle! Kauf ihn, leih dir ihn, stiehl ihn! Ich werde Maria wecken."

Lautlos verschwand er in der Nacht, und sie ging und weckte Maria. Zusammen packten sie alles in Bündel, dessen sie bedürfen würden: Lebensmittel, Wasserflaschen, die Iras am Brunnen hinter dem Haus füllte, die Kleidchen des Kindes und ihre geringen Ersparnisse. Maria blieb, im Angesicht der furchtbaren Gefahr und der tollkühnen Wanderung in ein unbekanntes Land, tapfer und gelassen. Sie arbeitete schnell, doch ohne jede ängstliche Hast. „Möge mir geschehen nach deinem Wort", war das ganze Gebet, zu dem sie Zeit fand. Als sie mit dem Packen fertig waren, nahmen sie das Kind aus der Wiege und wickelten es in seine kleine gestreifte Decke. Der Knabe wimmerte leise, als er so plötzlich aus dem Schlaf gerissen wurde; doch im Arm seiner Mutter, warm an ihrem warmen Körper, schlief er bald wieder ein.

Iras überließ es der Mutter, ihr Kind in den Schlaf zu singen, und schlich lautlos hinaus. Jetzt, bevor Joseph zurückkehrte, war die Gelegenheit günstig, um alle andern Mütter zu warnen. Sie lief die Stufen hinunter und sah Joseph mit einem Esel kommen. Auch er hatte sie bereits erblickt, winkte und beschleunigte seine Schritte. Nun war keine Zeit mehr übrig. Eine furchtbare Beklommenheit überwältigte die Sklavin Iras. Ihre Knie zitterten, und sie mußte sich, schwach und elend vor Grauen, auf eine Stufe setzen. Es war, als würde die Welt nachtschwarz rund um sie, und dann beugte sich Joseph zu ihr, schüttelte sie, wie sie ihn vorher geschüttelt hatte. „Jetzt ist nicht die Zeit, schwach zu werden“, sagte er rauh. „Hol Maria! Beeilt euch!“

Sie traten ihre Wanderung durch die stillen Gassen an. Maria saß, das Kind im Arm, auf dem Esel; die Bündel waren hinter ihr festgebunden. Das Stadttor war noch nicht verriegelt, und sie zogen hindurch in das tiefe Schweigen des Landes. So friedlich war es hier draußen, daß in Iras, trotz des offenen Tors, das sie nur als verhängnisvolles Vorzeichen deuten konnte, die wilde Hoffnung auftauchte, Claudias Bitten könnten erfolgreich gewesen sein und Lucius werde die Mordgesellen zurückhalten. Doch kaum war diese Hoffnung geboren, so starb sie auch schon, denn aus der Ferne tönte Hufschlag, und ein scharfer Befehl zerriß die stille Luft wie ein Peitschenhieb. Joseph führte den Esel von der Straße seitwärts ins Dunkel eines Olivenhains, und mit pochenden Herzen sahen sie die Schar vorübermarschieren; es waren die Leute des Herodes, sie trugen seine Farben, die Waffen glänzten im Schein der Sterne, kein Wort war zu hören; aber in ihren Gesichtern war etwas von der Bosheit des Herodes und in ihren Herzen etwas von seiner Verzweiflung. Klägliche Geschöpfe waren es, einem Willen hörig, der nicht ihr eigener Wille war.

„Arme Seelen", klagte Maria mitleidig, denn das empfand sie als das Schlimmste, was Menschen geschehen konnte.

Und Iras, bebende Hände vor dem Gesicht, kauerte am Boden, und Marias Klage widerhallte in ihrem Herzen; aber sie dachte nicht an die Soldaten des Herodes, noch auch an Lucius, der ja am Ende doch keiner Überredung zugänglich gewesen war, sondern an die Mütter von Bethlehem und ihre Kinder. Konnte ihr je vergeben werden, daß sie nicht gewagt hatte, zu warten und sie zu warnen? War es möglich, daß sie ihr das irgendwie, irgendwo vergeben würden? Ach nein, sie sah keinen Hoffnungsstrahl der Verzeihung. Die Bürde dieses Entsetzens mußte sie tragen bis an ihr Ende.

Sie zogen weiter, und Iras achtete darauf, daß sie rasch wanderten; kein Laut aus der kleinen Stadt sollte sie erreichen, die sie hinter sich gelassen hatten.

5

Bis an ihren Todestag vergaß Iras die abenteuerliche Flucht nach Ägypten nicht. Wenn sie als alte Frau daran dachte, dann sah sie diese Reise als das Sinnbild aller Reisen, aller Abenteuer an, insbesondere jener mühevollen Reise von der Geburt bis zum Tode, die wir das Leben nennen. Jede schlimme Seite des abenteuerlichen Lebens war auf dieser Reise erlebt worden: Gefahr, Schwierigkeit, Schmerz, Angst und manchmal sogar Verzweiflung. Am Tage brannte sie die Sonne, und in der Nacht durchkältete sie der Frost. Ihre Füße waren wund, sie waren erschöpft, hungrig, durstig, und bisher waren Sonne und Sterne ihre einzigen Führer zu jener fernen, beinahe sagenhaften Stadt, die ihre müden Augen manchmal als Trugbild aufschimmern sahen und die ihre stolpernden Füße doch nie erreichen konnten. Sie waren immer gefährdet; durch Diebe, durch ihre Furcht, durch ihre eigene Verzweiflung, die sie manchmal dazu verlocken wollte, sich niederzulegen, den Kampf aufzugeben und der Wohltat des Todes die Arme entgegenzustrecken.

Und dennoch lag ein Glanz über dieser ganzen Reise. Gegen jede Mühe, jede Qual, die sie anfallen wollte, erhob sich Marias heiterer Mut, Josephs geduldige Kraft, Iras' entschlossene Ausdauer, und diese Dinge waren immer größer als Gefahr und Schmerzen. Das ist es, was Gott ist, dachte Iras; eine Stimme, die immer gewaltiger tönt als die Stimme, die sie herausfordert, eine unverbrüchliche Zusicherung, daß das Ende gut sein werde ... Und über allem war das Kind, die Ursache für alles, der Mittelpunkt ihres Daseins, ihres Strebens, ihre Freude, ihr Stolz, ihre Heimat. Jenes Zimmer über dem Laden, wo seine Wiege gestanden hatte, war eine Heimat gewesen. Wo immer sie jetzt in der Dämmerung sein Bett aufschlugen, war Heimat. Jene Stadt auf dem Hügel, nach der sie wanderten und wo er in Sicherheit Ruhe finden könnte, wäre abermals die Heimat. Er wäre das Ende von all dem, denn er war auch der Anfang gewesen; er war das Jetzt und das Immer, das aus zwei Dingen eins machen konnte.

Doch noch war kein Sieg über Schwäche und Verzweiflung der endgültige Sieg; sie kehrten immer wieder zurück und vor allem zu Iras, die so jung war und die doch den ganzen Jammer von Bethlehem tragen mußte, wohin sie auch gingen. Nachts lag sie da, starrte in das Dunkel, fragte sich, ob sie recht getan hatte, versuchte, auszudenken, wie anders sie hätte handeln können, und es wurde ihr, wie Tausenden vor ihr und nach ihr, elend zumute vor diesem furchtbaren Netz des Bösen, dessen Schlingen Schuldige und Unschuldige in so unerbittlichem Würgegriff halten, daß kaum eine Seele unbefleckt entkommen kann; wie sollte es möglich sein, daß irgendwie, irgendwo diese Mütter, diese Kinder ihr vergeben würden? Solch ein Schmerz kann nicht dauern. Er muß schließlich seinen Gipfel erreichen und entweder zum Wahnsinn oder zur Erlösung führen. Und das erlebte auch Iras in jener Nacht, da die Sterne sich verbargen.

Als sie sich in jener Nacht zum Schlaf niederlegten, da wußten sie, daß sie verloren waren. Sie waren jetzt in Ägypten und in Sicherheit vor König Herodes, aber sie hatten keine Ahnung, wie sie Iras' Heimat finden sollten. Sie selber wußte nur, daß die Stadt in östlicher Richtung lag, und nun waren sie tagelang gegen Osten gewandert und hatten nichts gesehen als den goldenen Sand der Wüste, den brennenden Himmel bei Tag und die Sterne bei Nacht. Sie waren keinen Karawanen begegnet, von denen sie Auskunft über den Weg erhalten konnten. Nichts. Die Angst lastete auf ihnen wie nie zuvor.

Und jetzt, an diesem Abend, war der Himmel bewölkt, und die Sterne hielten sich verborgen. Unweit von ihnen mußte ein Sturm getobt haben, der diesen seltsamen grauen Schleier am Himmel gelassen hatte. Sie konnten nicht einmal feststellen, in welcher Richtung Osten war. Maria und Joseph waren so erschöpft, daß sie, trotz ihrer Angst, schliefen, aber Iras war an dem entscheidenden Punkt angelangt. Mit ihren Gedanken belastet, meinte sie, würde sie nie wieder Schlaf finden.

In ihrer Selbstquälerei vermochte sie nicht, still zu liegen. Sie kroch hinüber, wo das Kind in seiner Mulde lag, die in den Sand gegraben worden war, kauerte neben ihm, betrachtete eifrig das winzige schlafende Gesicht, dessen Züge sie in der Dunkelheit kaum unterscheiden konnte. Wirst auch du sterben? fragte sie. Ist all das Leid von Bethlehem vergebens gewesen? In ihrem Gram wiegte sie sich hin und her, aber völlig lautlos, um das Kind nicht zu wecken. So bestimmt hatte sie gewußt, daß dieses Leben um jeden Preis gerettet werden mußte, und doch, war der Preis nicht zu hoch gewesen? Was vermochte dieser Knabe der Welt zu geben, dieses Kind einfacher Leute, dessen Leben in Armut und Verbannung begann und dem böse Menschen nachstellten? Bei solchem Beginn, wie sollte da das Ende anders sein, als daß die Verfolger ihn umzingelten und ihre Beute zu Tode hetzten? Sie bückte sich tief und weinte. Alles Leid der Armen, der Verbannten, der Verfolgten vom Anfang der Welt bis heute war in dieser abgründigen Stunde in ihr lebendig. Vom Beginn und vom Ende her flossen zwei Ströme von Kummer und vereinigten sich in dieser Mulde in der Wüste, darin das Kind so friedlich schlummerte. Der Knabe schlief immer friedlich, wo er auch sein mochte. Er war hier, im tiefsten Leid, ebenso daheim, wie er es in den glücklichen Tagen in Bethlehem gewesen war.

Plötzlich hörte sie neben sich in der Nacht den leisen, fröhlichen Laut, den ein Kind von sich gibt, wenn es erwacht und etwas betrachtet, das ihm gefällt, einen Laut, mehr ein Vogelschrei im Morgengrauen, ein zufriedenes Krähen. Sie öffnete die Augen und sah sich um, und so weich und strahlend war das Licht, daß sie zunächst meinte, der Mond und die Sterne müßten den Wolkenschleier durchbrochen haben und wieder am Himmel scheinen. Doch der Himmel war dunkel wie zuvor. Aus der Wüste selbst schimmerte das Licht, aus einem hellen Kreis, der sie umgab, und strahlte von den lachenden Gesichtern und den funkelnden Gewändern einer Vielzahl kleiner Kinder, die sich schützend um sie gesammelt hatten. Iras atmete schwer, rieb sich die Augen und schaute wieder; doch sie waren noch immer da, Engelskinder, nicht von dieser Welt, und doch das Menschliche ihres Lachens bewahrend, noch immer von der Liebe ihrer Mütter umhegt, aber einen Heiligenschein um jedes schimmernde Köpfchen. Sie waren wie Sterne in der Nacht, wie die Blumen des Paradieses, deren Duft von ihnen ausstrahlte; jungfräuliche Lilien und die Rosen des Märtyrertums und all die vertrauten Blumen, deren Geruch für jeden Verbannten unter der Sonne wie der Atem der Heimat ist. Laut aufschluchzend vor Glück, streckte Iras die Hände nach den Kindern aus. Aber sie konnten nicht in ihre Arme kommen, denn sie waren nicht von dieser Welt; doch das Licht, das sie umgab, drang in Iras' Seele ein. Und in die Verzeihung der Kinder gehüllt wie in einen leuchtenden Mantel, legte sie sich auf den Boden und schlief.

Sie erwachte, als das erste Morgengrauen den bewölkten Himmel versilberte; aber nichts hatte sich geändert, nirgends zerrissen die Wolken, um zu zeigen, wo die Sonne aufging, die Flüchtlinge waren noch immer hungrig, in der Wüste verloren, und ihre Füße waren wund. Aber Iras' Verzweiflung war geschwunden, denn mit ihren eigenen Augen hatte sie jene Engelskinder im Kreis um sich gelagert gesehen, sie fühlte sich geborgen, und hier, in der höchsten Not, war ihr so heimatlich zumute wie dem Kind.

Sie weckte Maria und Joseph, sie aßen gemeinsam die letzten Datteln und tranken wenige Tropfen aus der Wasserflasche. Dann ließ Maria das Kind trinken, während Iras und Joseph die Bündel schnürten und auf dem Rücken des Esels festbanden. Sie redeten nur sehr wenig, im Dämmerlicht waren ihre Gesichter blaß; doch auch die wenigen Worte, die sie sprachen, waren heiter. „Wenn dies das Ende ist", sagte Maria, „so werde ich Gott nicht verfluchen, ob ich auch sterbe, denn ich habe Ihn auf dieser Wanderung ganz bestimmt kennengelernt. Ich habe Ihn in meinen Armen gehalten, in dem Leib meines Kindes, habe Ihn in der leuchtenden Sonne gesehen, Seine Stimme im Brausen des Windes gehört, Seine Liebe in meinem Herzen, Seinen Mut in meiner Seele gefühlt. Selbst in der Hölle werde ich mich dessen entsinnen, und meine Seele wird den Herrn preisen."

Und Joseph sagte: „Amen!"

Dann hob er mit Iras' Hilfe Maria und das Kind auf

den Rücken des Esels, und sie setzten ihre Wanderung fort, ohne zu wissen wohin, taumelten vor Müdigkeit, die Blicke dorthin gerichtet, wo Iras den Himmel am hellsten zu sehen glaubte. Das war die einzige Führung, die sie jetzt besaßen: Iras' Vorstellung, daß just dort die Sonne aufging.

Spät am Tage machten sie halt, tranken die letzten Tropfen des Wassers, und Maria legte sich, das Kind in den Armen, nieder und schlief. Selbst Joseph, den Kopf auf die Brust gesunken, döste ein wenig. Iras aber entfernte sich von ihnen und ging einige Schritte weiter. Wo waren jene Felsen, die aus der Wüste emporragten und auf denen ihre Heimat lag? Nichts war in der ungeheuren Weite des grauen Himmels und der gewellten Wüste zu sehen, was ihr helfen konnte, keine Landmarke, die sie erkannte. Jetzt hatten sie den letzten Tropfen getrunken, und vor ihnen gab es nichts mehr als ein unsäglich furchtbares Sterben. Und dennoch hatte sie keine Angst; denn sie wußte, daß die Engelskinder sie umgeben hatten, und sie fragte sich nur, was man zu tun hatte, wenn das Ende nahte. Und dann erinnerte sie sich daran, was Maria am Morgen gesagt hatte: „Selbst in der Hölle wird meine Seele den Herrn preisen!" Das vermochte man zu tun. Man konnte Gott preisen, dem alle Dinge entstammten und zu dem alle Dinge zurückkehrten, den einzigen Gott des Pharaos Echnaton, das Alpha und das Omega der Juden, den Anfang und das Ende, den Gott, dessen Antwort immer größer war als irgendeine Herausforderung, selbst als die letzte Herausforderung des Todes. Sie kniete nieder und betete, wie es die Völker des Ostens tun, die Stirne auf den Boden gebeugt, die Arme ausgestreckt. Und während sie abgerissene Worte flüsterte, um Gott zu verehren und zu preisen, sank sie in ihrer Schwäche immer tiefer, bis sie flach auf dem Boden lag; und so verharrte sie lange, nur halb bei Bewußtsein, und ihre Finger tasteten im Sand, wie eines Kindes Finger nach der Mutterbrust greifen. Und da, als sie wieder zu vollem Bewußtsein erwachte, fand sie, daß ihre Finger irgend etwas im Sand Verstecktes berührt hatten. Sie setzte sich auf und betrachtete es; ein Sträußchen verwelkter Orangenblüten, wie sie sie in den Töpfen am Fenster in ihrer Heimat gesehen hatte. Sie hielt die Blüten an ihr Gesicht und atmete den schwachen Duft ein; er war ihr vertraut, nicht bloß aus glücklicher Vergangenheit, sondern aus der Vision der letzten Nacht, denn der Duft der Orangenblüten hatte sich mit dem Duft der jungfräulichen Lilien und der Rosen des Märtyrertums gemischt. Sie neigte die Stirne auf den Boden, und abermals pries sie den Herrn.

Dann kehrte sie zu Maria und Joseph zurück und zeigte ihnen, was sie gefunden hatte. „Seht", sagte sie, „Blüten des Paradieses! Engelskinder haben sie auf dem Weg in die Heimat fallen lassen, um auch uns den Weg zu zeigen!"

Und Maria streckte mit der wortlosen Sehnsucht jener, denen der Tod als die einzige Wohltat erscheint, die Hände nach den Blüten aus.

Aber so phantasievolle Deutungen wollte Joseph nicht gelten lassen. Schnell ging er zu der Stelle, wo Iras die Blüten gefunden hatte, und begann, den weichen, verwehten Sand fortzuräumen. „Hier ist eine Karawane vorübergezogen", sagte er. „Der Sturm, der den Himmel verdunkelte, hat frischen Sand über die Spuren geweht. Sieh nur, Iras, ein kleiner, zerbrochener Topf! Und Kamelspuren! Und hier, im härteren Sand, eine Stelle, wo Wasser vergossen wurde!"

Ihre tödliche Erschöpfung war verschwunden, als hätten sie sie nie gespürt. Rasch und eifrig wanderten sie weiter, erfrischt wie Kinder, die aus dem Schlaf erwachen, und plötzlich waren sie auf dem Pfad des Sturmes, und die Spuren einer Karawane, die eben erst vorübergezogen sein konnte, waren klar zu erkennen und leicht zu verfolgen.

„Die Wolken zerreißen", sagte Maria, und sie sprach nicht in Bildern, sondern es war buchstäblich wahr. Der seltsame, unheilverkündende Dunst wurde dünner, erhellte sich, rollte zurück und ließ einen herrlich leuchtenden Zipfel des goldenen Himmels sehen, und davor, im strömenden Licht hochaufgetürmt, fern, und doch klar und deutlich, am Ende der Spur, der sie folgten, erhob sich eine Stadt, auf einem Hügel erbaut.

Nie sollte Iras solch ein Glück empfinden, nicht bis zu der letzten Heimfahrt, da sie über die Pforten des Todes hinauswandern würde. Näher und näher kamen die vertrauten Umrisse der geliebten Stadt im kühlen Grün der Dattelpalmen, umringt von Orangenhainen und Kleefeldern. Schon glaubte sie das Haus zu sehen, wo sie daheim war. Die Töpfe mit den Orangenblüten würden im Fenster stehen, und dahinter würde ihre Mutter am Webstuhl sitzen.

„Sie ist in den Felsen gebaut wie Bethlehem", sagte Maria wehmütig.

„In der ganzen Welt gleichen Städte, die auf Hügeln gebaut sind, einander“, meinte Joseph. „Das wird uns gegen das Heimweh helfen.“ Er wandte sich um und lächelte Maria zu, die jetzt neben ihm ging, denn nun war Iras an der Reihe, das Kind in den Armen, auf dem Esel zu reiten. „Erinnere dich daran, Maria, daß unser Volk immer an den Wassern Babylons seine Lieder singt. Unser Kind wäre kein echter Sohn seines Volkes, wenn er dieses Leid nicht auch erleben müßte. Aber eines Tages werden wir schließlich doch heimkehren. Jede Verbannung findet ihr Ende.“

In all ihrem Glück war es Iras, als ob plötzlich ein Schwert ihr Herz durchbohrte, da sie nun auf den Knaben in ihren Armen hinunterschaute. Wie sollte sie leben, wenn er wieder von ihr ging? Und dann erinnerte sie sich, wie sie, in dem Entsetzen jener Nacht, die vorbeigegangen war, ihn im Mittelpunkt von allem gesehen hatte. In den Jahren, die da kommen sollten, würde sie in ihrem eigenen Land eine alte Frau werden, und er würde in seinem Land zum Mann heranwachsen, und zwischen ihnen würde die Wüste liegen. Doch auch in diesem Kummer würde sie ihn finden, und wo er war, da würde die Heimat sein.